온후 퓨전 판타지 장편소설

WISHBOOKS FUSION FANTASY STORY

걸신 사냥꾼 11

온후 퓨전 판타지 장편소설

초판 1쇄 찍은 날 | 2018년 10월 11일
초판 1쇄 펴낸 날 | 2018년 10월 18일

지은이 | 온후
펴낸이 | 예경원

기획 | 위시북스
편집책임 | 이규재
편집 | 위시북스

펴낸곳 | 예원북스
등록번호 | 제396-2012-000132호
등록일자 | 2012. 7. 25
KFN | 제1-320호

주소 | 경기도 고양시 일산동구 호수로 646-24 위너스21II빌딩 206A호 (우)10401
전화 | 031-819-9431 팩스 | 031-817-9432
E-mail | yewonbooks@naver.com

ⓒ온후, 2017

ISBN 979-11-89450-68-7 04810
      979-11-6098-697-6 (set)

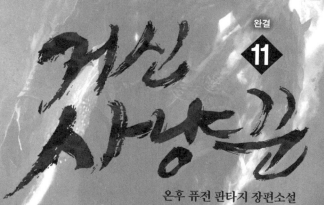

완결
11

온후 퓨전 판타지 장편소설
WISHBOOKS FUSION FANTASY STORY

거선
사랑길

CONTENTS

59장
세계(2)

나는 잠시, 할 말을 잃었다.

나를 포함한 그 누구도 말을 잇지 못했다.

둠이 사라졌다. 우리엘 디아블로가 사라졌다. 거짓말처럼, 처음부터 없었던 것처럼, 자그마한 흔적 하나 남기지 않고.

"어떻게 된 거야?"

"둠은…… 둠은 어디로 간 거지?"

둠은 폭주하여 적과 아군을 가리지 않고 공격했다. 안달톤 브뤼시엘과 같은 생각을 가진 로드들은 뒤로 물러섰지만 엄청나게 많은 숫자의 암흑인과 로드들이 죽었다.

그 공격은 전율스러울 정도였다.

누구도 막지 못했고, 실제로 나 역시 혼자였다면 절대로 막지 못했을 것이다.

수백만 암흑인의 '침략', 그리고 우리엘 디아블로의 무려 11레벨에 달하는 절대적인 스킬 '타락의 형상', 마지막으로 몸을 던져가며 싸웠기에 겨우 동수를 이룰 수 있었다.

여기에는 둠에게 반항하는 로드들 또한 포함되어 있었다.

'우리엘, 우리엘 디아블로……'

네가 날 지킨 거냐?

그의 영혼이, 둠과 함께 폭사하며 대신에 나를 살렸다.

하지만 나는 구해달라고 말한 적이 없다. 나는 내 생각으로, 내 의지로 나를 희생하려고 했다. 둠을 죽이고 우리엘 디아블로가 되어 살겠노라고. 그것이 더욱 현명한 선택이라 생각했으니까.

태양왕이자 데몬로드.

인간 오한성보단 더 쓸 수 있는 패가 많았으므로.

하지만, 우리엘 디아블로는 그렇게 생각하지 않은 모양이었다.

그는 나를 대신해 죽었다. 마지막 혼의 조각을 쥐어짜 내 나대신 몸을 던졌다.

내가 사는 게 낫다고 판단한 걸까?

'젠장.'

젠장!

어깨가 무거워졌다. 아니, 숨 쉬는 것조차 버거웠다.

반쪽이 사라진 느낌. 신체만이 아닌 영혼에도 결손이 온 것 같았다.

두통이 찾아왔다. 오른팔을 들려고 했지만, 이미 내겐 오른팔이 없다. 다리를 들려고 했지만 그 역시 한쪽이 없다. 그대로 자세가 무너져 주저앉았다.

"미련한 놈."

안달톤 브뤼시엘이 혀를 찼다.

내게 하는 말이 아니다. 우리엘 디아블로. 그에게 하는 말이었다.

그는 우리엘 디아블로에 대한 작은 추모조차 하지 않았다.

이 세계는 그런 곳이니까. 죽은 자는 말이 없고, 죽은 자에 대해선 더욱 엄격한 곳이 바로 심연이었으니까.

안달톤 브뤼시엘의 입장에선 당연한 반응이다. 자신과 대결할 수 있는 유일한 존재라고 했지만, 스스로 몸을 던진 시점에서 '미련한 놈'이 되어버린 것이다.

"그는 미련하지 않다."

나는 반박했다.

그. 우리엘 디아블로.

회귀하기 전의 나를 알고 있으며, 계속해서 나를 보아온 존재.

나를 믿고, 자신의 육체를 포기했으며, 오로지 라이라 하나만을 바라보고 살아온 멍청한 악마.

　하지만 그는 결코 미련하지 않다.

　누가 봐도 미련한 짓이었지만, 나만큼은 그를 미련하다고 욕해선 안 된다. 내가 그이고, 그가 나였듯이. 스스로에게 침을 뱉는 행위와 같았다.

　"미련하다. 쓸데없는 짓으로 목숨을 잃었으니까. 결국 그 정도의 그릇이었단 것이겠지."

　하지만 내 외침은 안달톤 브뤼시엘에게 아무런 영향도 끼치지 못했다.

　그의 시선에 이미 나는 없었다.

　그럴 수밖에.

　지금의 나는 우리엘 디아블로가 아닌, 오한성 그 자체니까.

　강하다고 하더라도 그것은 인간의 기준이다. 나 홀로 안달톤 브뤼시엘을, 둠을 상대할 순 없다.

　나는 떨어진 목걸이를 쥐었다. 빛이 바래 암흑으로 물든 보석 하나가 그곳에 박혀 있었다.

　"그는, 미련하지 않다."

　"웃기는군. 주변을 둘러봐라. 남은 건 아귀다툼뿐이다. 살아남고 싶다면, 그 몸으로는 무리겠다만. 떠나는 게 좋을 것이다, 인간. 최후의 전쟁이 곧 시작될 터이니."

둠이 죽었다. 그로 인해 힘의 균형이 무너졌다.

제로가, 아르하임이 즉시 움직이며 혼란에 빠진 둠의 파벌을 공격하기 시작한 것이다.

아, 이대로는 결국 똑같다. 이곳에서 '최후의 전장'으로 향하게 될 거다.

막을 수 없다. 막지 못한다.

우리엘 디아블로의 죽음은 둠을 막는 것에서 끝났다. 놈의 목표만을 제지했을 뿐이다.

그러니 나머지는 내가 처리해야 한다. 내게 주어진 숙제, 숙명.

할 수 있을까?

이 몸으로, 정확히 반쪽이 나버린 이 신체로.

'어지럽군.'

진즉에 죽었어야 정상일 만큼 피를 많이 흘렸다.

굳건한 정신으로 어떻게든 버티고 있을 따름이었다.

죽지 않는다. 그러나 죽지 않는 것으로 끝나선 안 된다. 더. 내가 할 수 있는 무언가. 나만이 할 수 있는 일을 찾아야 한다.

'원죄.'

남은 것은 텅 비어버린 '루의 심장'만이 아니었다.

둠이 죽으며 놈이 남긴 보석이 하나 있었다.

원죄.

마지막 경매의 물품.

'위대한 별'에 가까이 다가갈수록 암흑인들을 소멸하게 만들었던 것!

<원죄(value-???)>

● 용도를 알 수 없습니다. 알 수 없는 표식이 새겨져 있습니다. '근원의 죄악'이라는 소문이 떠돌고 있습니다.

별다른 설명조차 떠오르지 않는다. 가치 역시 알 수 없다.

하지만 둠은 이것의 활용법을 확실히 알고 있었다.

'암흑인과 연계된, 아주 중요한 물건.'

암흑인은 과거의 인간이다. 둠은 암흑인이 인간이란 사실을 알았고 그 탐욕 역시 알고 있었다. 스스로의 '원죄'를 파는 것을 보며 비웃음을 흘렸다.

암흑인들이 짊어진 원죄. 그 힘 자체.

나는 '원죄'를 쥐었다.

그리고.

꿀꺽!

삼켰다.

"둠이 죽었다! 죽여라!"

"죽여라! 죽여라! 죽여라!"

콰르릉!

콰아아아아아아아아아아앙!

지축이 흔들린다. 로드들의 싸움이란 그 스케일 자체가 다를 수밖에 없었다. 폭발의 여파만으로 귀가 멀었다. 마력이 바닥이 난 상태에서 내 몸을 지킬 수 있는 수단은 아무것도 존재하지 않았던 탓이다.

이리 휩쓸리고, 저리 휩쓸리며, 육체는 더욱 잘게 부서졌다.

그러나 죽지 않는다. 이를 악물었다.

원죄를 삼켜도 별다른 변화는 일어나지 않았다.

하지만 이것을 다른 로드에게 뺏기는 것보단 백배 나을 것이다.

그나마 다행이라면.

죽기 직전의 몸 따위, 아무도 신경 쓰지 않는다는 점. 원죄를 들키지 않았다는 것.

"벌레 같군."

단 한 명.

안달톤 브뤼시엘은 그것을 봤지만, 그대로 자리를 떠나갔다.

어쩌면 그가 나에게 남긴 마지막 온정일지도 모르겠다. 아니면 둠과 우리엘 디아블로가 사라진 시점에서 원죄 따위 별 신경이 안 쓰인다는 것이겠지.

'살아라. 살아남아라.'

이대로 죽는다면 둘 모두 개죽음이 될 뿐이다. 아무런 의미 없이, 말 그대로 미련하게 죽는 것과 진배없었다.

우리엘 디아블로가 나를 살렸다면 내게 더욱 큰 가능성을 보아서였으리라. 내가 보지 못했던 나를 그는 보고 있었던 게 틀림없었다.

그렇게 믿었다.

그래서 개처럼 바닥을 기었다. 남은 한 손으로 돌을 부여잡고, 몸을 질질 끌며 본능대로 움직였다.

불덩이가 떨어지고 그것이 내 몸을 불태워도 아랑곳하지 않았다.

"암연의 가팔로를 죽였다!"

"둠의 잔당들을 모조리 쓸어버려라!"

둠의 파벌은 오로지 둠에 의해 돌아가던 기형적인 곳이다. 둠이라는 사령탑이 사라지자 각자가 따로 놀기 시작했다. 아무리 로드가 강하다고 하더라도 자신과 비슷한 수준의 적을 다수 맞이할 순 없는 노릇.

죽고, 죽인다. 심연이 절망으로 가득 찼다. 상회가 무너지고 암흑인들은 비명을 내질렀다.

쾅! 쾅!

쩌저저적!

거대한 마력들이 수도 없이 부딪히자 모든 장벽이 파괴되었다. 세계가 흔들리고, 위대한 별의 보호막에 금이 갔다.

세계가, 차원이, 모든 '문'이 요동쳤다.

'올라라.'

나는 오로지 살기 위해 발악하고 있었다. 다른 것은 아무것도 필요하지 않았다.

그러기 위해 나는 계단을 올랐다.

멈추지 마라.

죽음에 굴복하지 마라.

최후의 영웅이었다면 정말 최후까지 살아남으란 말이다.

또 아무것도 못한 채로 죽을 거냐?

'지키고 싶다.'

지금의 나는 과거와 다르다. 그때의 나는 지키고 싶은 게 없었다. 하지만 지금의 나는 지키고 싶은 게 너무 많았다.

잃고 싶지 않은 것들, 잃어선 안 되는 것들.

내가 죽으면 어떻게 되지?

'모두 사라진다.'

이 흐름을 막을 수 없을 것이다.

둠은 최악이었다. 그는 모든 것의 멸망을 바랐다. 마치 니드호그처럼.

하지만 다른 로드들이 승리를 거머쥔다고 해도 '멸망'의 무게는 크게 줄어들지 않을 것이다. 어쩌면 철저하게 모두를 복속시키며 노예보다 더한 삶을 부여할지도 몰랐다.

차라리 안달톤 브뤼시엘이 낫다.

그는 온전히 '위대한 별'만을 원하니까. 다른 것엔 일체 관심을 두지 않았으므로.

하지만 결국 '위대한 별'이 완성되는 시점에서 나는 내가 지키고자 하는 것들을 모두 잃을 공산이 컸다. 안달톤 브뤼시엘이 그것을 원하지 않아도 위대한 별이 그렇게 만들 것이다.

'모든 것은…… 위대한 별로부터 시작됐다.'

오른다. 올라야 한다.

사지가 불완전한 상태로 바닥에 몸을 질질 끌며 계단을 올랐다. 한쪽 팔만 남은 상태로, 손의 핏줄이 곤두서고 터져 나갔지만 이를 악물었다.

위대한 별. 모든 일의 시작.

천마의 신성과 혼으로 육체를 다듬었으며 그 안을 채울 내용물로 데몬로드의 죽음이 필요하다고 했다.

그리고 지금 이 순간, 위대한 별, 저 거신은 더욱 환하게 스스로를 빛내는 중이었다.

"천…… 마……!"

-도와주마.

암령. 녀석이 말했다. 로드들과 둠을 함께 상대하느라 제천대성의 신체도 넝마가 되어 있었다.

두개골이 함몰되고 신체 곳곳에 말뚝이 박힌 듯 뚫려 있었는데 솔직히 움직이는 게 신기할 정도였다.

-보고 와라. 느끼고 와라. 그리고 나를 대신해 말해다오.

마치 작별인사를 고하는 것 같은 말이었다.

-오행산의 가을은 정말 아름다웠노라고.

오행산. 현장과 손오공이 처음 만난 장소.

그곳에서 둘의 지긋지긋한 인연이 시작됐다. 암령은 '억지로 사람을 돕게 한다'며 불만을 토했지만, 사실은 아름다웠던 것이다. 그만큼 좋은 추억이었던 것이다.

하지만 결국 천마와 현장은 손오공을 남겨두고 떠나갔다. 오롯이 신체와 영혼을 분리시켰다. 오랜 시간 그는 봉인되어 있었으며 원한과 원망으로 인해 수많은 나찰과 야차들이 죽어 나갔다.

추억이 빛바래며 어둡게 물들었다.

그러나 지금, 다시 그 색을 찾았다.

-또 만나자, 오한성.

제천대성이 내 신체를 손바닥 위에 올렸다.

그리고…… 던졌다.

위대한 별을 향해. 그 거신에게 내가 닿게 하기 위해서.

쿠아아아아아아앙!

동시에 로드들의 공격을 받았다.

경악스러운 마법들이 나를 향해 달려들었다. 아무리 지상에서 그들이 싸우고 있다고 해도 결국 그 모든 것은 '위대한 별'을 얻기 위함이다.

위대한 별에 다가가는 존재를 지켜보고 있을 수만은 없는 노릇.

하나 그 모든 공격을 제천대성이 막아냈다. 무지막지한 괴력과 체력으로 그들의 공격을 맨몸으로 받아내고 있는 것이다.

[신성 '거신사냥꾼'이 빛을 발합니다.]

['위대한 별'이 반응하기 시작했습니다.]

우리엘 디아블로는 거신에 가까이 간 적이 있었다. 하지만 '벽'에 막혀 일정 거리 안으로 들어가지 못했다.

반면, 오한성 그 자체로는 처음 위대한 별의 사정권 내에 들어왔다.

무엇보다 모든 데몬로드를 막았던 '벽'이 지금은 굉장히 얇아진 상태였다.

나는 더욱 가까이 다가갔다.

동시에 내가 먹었던 '원죄'가 빛을 발했다.

"끄아아아아악……!"

여태껏 고통에 무덤덤했던 신체가 비명을 내지르기 시작했다. 전신에서 검은 아지랑이가 피어오르며 내 온몸을 감쌌다.

이것은 본래 내가 짊어져야 했던 '죄'다. 둠이 아니라, 해도 내가 해야 한다.

모든 것을 짊어질 각오로 나는 위대한 별을 향해 달려들고 있었다.

그런데 그 '원죄'가 갑자기 반발을 하는 것이다. 둠이 '원죄'를 지녔을 땐 이런 현상이 없었다.

-진짜가 되고 싶었다.

-가짜가 아닌 진짜가.

-그러기 위해선 모든 진짜를 없애야 한다.

-우리의 죄는 진짜가 되려는 것뿐이오. 우리는 '존재'하고 싶소.

-존재하는 것 자체가 죄악이라면······.

-어째서? 왜 내가 고통받아야 하는 거지? 나는 아무런 죄가 없는데!

스아아아아아아아아아아아아.

암흑인들이 비명을 내지르고, 녹으며, 그 그림자가 내게 흡수되었다.

수백만의 그림자는 거대한 암흑을 낳았다.

거대한 암흑의 형상이 내 등에 흐드러지며 악귀와 같은 모습으로 변했다.

'내가 짊어져야 할 무게.'

그것은 결코 가볍지 않다.

나는 죽어선 안 된다.

끝까지, 최후의 최후까지 살아남아서 내가 돌아온 것에 '답'을 내려야 했다.

그들의 죽음에 '뜻'을 만들어줘야 했다.

나의 여행은 아직 끝나지 않았다.

순간, 나는 거신의 코앞까지 다가갔다.

그러자 거신이 감았던 눈을 떴다.

'네가 모든 것의 시작이라면.'

끝내주마.

그것만이 지금 내가 내릴 수 있는 최상의 결론이었다.

하지만 나는 살아서, 반드시 살아서 돌아갈 것이다.

그러니 너 혼자 죽어라. 원흉이여.

그어어어어어어어어엉.

거대한 울림.

거신의 눈동자가 내게 닿는 순간, 내가 가진 모든 '원죄'와 신성이 거신을 뒤덮었다.

쿠르르르르르르르릉!

'지구'가 흔들렸다.

모든 각성자가 이변을 눈치챘다.

['위대한 별'이 강림했습니다.]

['스물하나의 데몬로드'가 강림을 시작합니다.]

태양이 사라졌다.

그리고 그 자리에 거대한 신성이 떠올랐다.

그것은 압도적이라 할 수밖에 없는 크기의 '거인'이었다.

말 그대로 태양을 대체할 만한 크기였던 것이다.

그리고 세계 곳곳에, 거대한 '문'이 열리며 괴물들이 난입했다.

막강한 괴물들. 초월적인 존재들.

그들을 통솔하는 건 바로 스물하나의 데몬로드였다.

"……시작됐군."

김민식이 작게 중얼거렸다.

언젠가 시작됐을 일. 생각보다 이르지만…….

'실패한 건가.'

오한성.

녀석은 말했다.

자신이 실패하면 '최후의 전쟁'이 시작될 거라고.

위대한 별이 떠오르고, 데몬로드들이 지구를 침범하여 전쟁을 일으킬 것이라고.

'한성이 이 자식…… 죽은 거냐?'

괴물과 데몬로드들이 난입했지만, 어디서도 '오한성'의 모습은 보이지 않았다.

김민식은 입술을 다물고 이를 악물었다.

녀석의 죽음은 슬프지만, 애도할 시간이 없었다.

모든 것은 전쟁을 끝낸 이후에.

울어도 그때 울어야 한다. 눈물이 나오려는 걸 애써 참았다.

'그래도 준비는 끝났다.'

주먹을 꽉 쥐어 보였다.

덕분에 준비는 거의 끝났다.

인류를 통합시키고, 종족은 다르지만 도와줄 자들을 구했다.

감히 인류가 생긴 이후 '최초'라고 할 수 있을 업적.

어떠한 영웅도 이뤄내지 못한 신화!

그럼에도 얼마나 막을 수 있을지는 모르겠지만.

'가만히 당하고만 있지는 않으리라.'

김민식의 눈이 불처럼 활활 타올랐다.

"크하하하하하!"

우주수, 위그드라실의 중심부에서 흐레스벨그가 크게 웃었다.

그가 탄생한 이후 이렇게 호쾌하게 웃어 보이는 건 처음 있는 일이었다.

"드디어, 드디어! 모든 조각이 맞춰졌다."

위대한 별을 만들고 그것을 지구에 강림시키는 것.

모두 흐레스벨그의 목적이다.

최근 요르문간드의 탈출 때문에 진행이 늦춰졌지만, 그 뱀도 잡아들였다.

"요르문간드여, 결국 네가 믿었던 자는 죽었다. 너는 아무것도 하지 못했다."

요르문간드는 거대한 사슬에 묶여 있었다. 인간의 형태로 변하지조차 못하고서.

"……."

요르문간드는 대답하지 않았다. 그러자 흐레스벨그의 미소가 더욱 짙어졌다.

"네가 낳은 자식이 저들을 구원할 수 있을 것 같으냐? 아서

라. 네가 믿는 모든 것은 결국 허무하게 죽음을 맞이할 것이다."

그는 확신했다. 그녀는 아예 눈을 감아버렸다.

흐레스벨그가 손을 휘저었다. 그러자 한쪽 벽면을 수놓았던 지구가 파괴되어 가는 장면들이 일순간에 사라졌다.

흐레스벨그가 가만히 요르문간드에게 다가갔다. 그녀의 뺨을 손가락으로 톡톡 건드리며 고개를 끄덕였다.

"너의 절망은 '진리'를 더욱 강하게 만들어줄 것이다. 절망하고 또 절망토록 하여라, 가련한 뱀이여."

60장
달의 소녀, 태양의 소년

유서희가 날개를 펼친 채 허공에서 망원경을 들었다.

"고모라의 알버츠가 저기 있는 게 확실하군요."

작은 망원경의 끝에서 희미한 장막과 같은 것이 시야에 들어왔다. 그것을 본 유서희가 꺼낸 말이었다.

망원경을 거두자, 지평선 끝까지 보이는 것은 하나도 없었다.

손바닥만 한 크기지만 마력을 주입하면 만 배 이상 확대가 가능한 마도품으로 이번에 새롭게 발명된 물건.

대량으로 새롭게 만들어진 '마도품' 중 가장 최근에 전장에 투입된 것이었다.

마력의 미묘한 흐름까지 읽을 수 있어서 '보이지 않는 적'을 상대할 때 굉장히 유용한 물건이었다.

"마력장이 전개되어 있습니다. 마력이 낮은 사람은 확인이 불가능하겠지만 범위가 넓어요."

그리고 유서희의 뒤에는 '특공대'라 불리는 300명의 사람이 함께하고 있었다.

세계 각국에서 긁어모은, 오로지 게릴라에 특화된 전사들.

인간만 있는 것도 아니었다. 엘프와 드워프, 그리고 늑대인 간도 섞여 있는 상황.

하나하나가 강력하며 '영웅'이라 불리기에 부족함이 없었 다. 또한 각종 마도품과 특수한 물약으로 전신을 강화시킨 상 태였다.

일당백. 능력치 총합 400 언저리의 강자들!

그중에서도 유서희는 최강자로 거론되며 팀을 이끌고 있 었다.

"우리의 계획은 저 '마력장'을 없애는 겁니다. 알버츠와 '7명 의 법사'가 설치한 저 마력장만 말이죠. 괜히 무리했다가 전멸 당하면 뒤는 없습니다. 알고 있을 거라 믿어요."

그녀는 한때 소녀였지만, 지금은 어느 정도 성숙한 모습으 로 전장에 임하고 있었다.

조금씩 앳된 티를 벗고 여인의 모습을 보이는 그녀는 '전장의 꽃'으로 불리며 뭇 사람들의 많은 사랑과 관심을 받고 있었다.

하지만 그런 유서희조차도 지금은 상당히 긴장한 기색이다.

'벌써 3년.'

한국에는 두 명의 데몬로드가 떨어졌다.

두 데몬로드는 처음엔 인간들에게 크게 관심을 두지 않았다. 서로 미친 듯이 치고받으며 끝장을 볼 생각만이 가득한 것 같았다.

하지만 1년 전, 고모라의 알버츠가 남은 데몬로드를 잡아먹고 본격적인 야욕을 드러내기 시작했다.

순식간에 경기권과 서울권을 장악한 놈의 군단이 계속해서 남하하고 있는 상황. 북한은 이미 쑥대밭이 되어 멸망했다는 이야기만이 돌고 있었다.

'더 이상 뒤가 없어.'

그나마 한국은 나은 거다.

김민식이 있고, 유서희가 있으니까.

가장 먼저 이종족과 교류하고 문을 넓혀가며 '최초의 규합'을 끌어냈다. 모든 종족이 협상 테이블에 앉아 서로를 지원하기 시작한 것도 한국이 최초였다.

그 전력이 있어서 겨우 지금까지 버틸 수 있었다.

불과 3년.

세계의 절반 이상이 이미 데몬로드들의 손에 들어갔으니깐.

'세계에 남은 데몬로드는 열. 그중 하나가 고모라의 알버츠. 서열 7위의 악마.'

긴장해야 했다. 인류는 아직 데몬로드를 직접 죽인 경험이 없었다. 힘을 빼놓고 어부지리로 다른 로드가 공격하여 사멸한 적은 있지만.

지금, 최초로 그 시도를 하고 있는 것이다.

온전히 인류와 동맹군의 힘으로만 저 고모라의 알버츠를 제거하려고 하는 중이었다.

그러기 위해선 우선 '마력장'을 없애야 한다.

'투명화만 제거하면 가능성이 있어.'

고모라의 알버츠를 필두로, 그의 직속 괴물들은 모두 마력장을 두르고 있다.

마력장을 두른 괴물들은 하나같이 육안으로는 확인이 불가능해진다.

또한 강력한 방어력을 얻어 웬만한 물리 공격에는 내성이 생기는 듯싶었다.

"저 마력장만 제거하면 '달의 아이'와 '태양의 아이'가 힘을 발휘할 수 있습니다. 충분히, 이길 수 있어요."

"……그 아이들은 아직 실전으로 배치되기엔 어리지 않습니까?"

굳센 인상의 남자 한 명이 물었다.

유서희는 즉시 답을 하지 못했다. 맞는 말이기 때문이다.

달의 아이, 태양의 아이. 그 아이들이 태어난 건 고작 2년.

성장이 빠르다고는 하지만…… 데몬로드를 상대로 하기엔 확답을 내릴 수가 없었다.

그래도. 불가능하진 않으리라 믿었다.

"수호하는 용들이 있는 이상, 실패는 하지 않습니다."

"아아……! 이그닐 님과 이타콰 님이 설마?"

"이번 작전에 투입됩니다. 이전 전투에서의 상처가 전부 아물었다면요."

순간 300명의 전사 사이에서 작은 환호가 터졌다.

백룡 이타콰, 그리고 황룡 이그닐!

각자 백의 거룡, 지혜의 금룡이라 불리고 있는 그 둘은 수많은 용 중에서도 특별한 취급을 받고 있었다.

세계 각지의 전장을 승리로 이끌었으며 로드들과 싸워도 크게 밀리지 않는 모습을 몇 차례나 보여준 적이 있기 때문이다.

"……대장, 김민식 총사령관님은 이번 작전에 참가하십니까?"

"아뇨, 그분은 따로 다른 작전을 수행하는 중입니다."

"그 작전이 무엇인지 들을 수 있습니까?"

유서희는 고개를 저었다. 극비 중의 극비. '세계 정부'를 만든 총사령관 김민식의 행보는 모든 게 비밀이 아닌 것이 없었다. 세계의 비밀을 풀어내고, 온갖 '마도병기'를 제작함과 동시에 데몬로드의 측근들을 암살하며 지구를 수호하는 자.

데몬로드들조차 그의 행방을 찾고 있을 정도이니 말은 다했다.

그야 고모라의 알버츠를 사냥하는 것도 중요하지만, 그 못지않게 중요한 것이 김민식의 행방에 관한 정보였다.

"그래도 걱정 마세요. 이 전쟁…… 반드시 승리할 테니까."

유서희가 크게 심호흡을 했다.

그래, 그때로부터 벌써 3년이 지났다.

당장에라도 멸망할 것 같던 세계는 아직 멸망하지 않았다.

인류는 하나가 됐고, 유서희는 세계 제일의 검호로 추앙받는 강력한 전사가 되었다.

3년간 매일 전쟁을 치른 덕이다. 어느덧 혼자서 어지간한 용 하나쯤은 구워 먹을 실력이 되었으니까.

'대체 어디에 계세요?'

하지만 아직도 그림자 하나가 그녀의 눈앞에 아른거리고 있었다.

소녀에서 어른이 되어가는 과정에 있어서인지, 아니면 오늘 따라 유독 감성적인지는 모르겠지만…….

스릉.

검을 들었다. 묵빛이 감도는 검신에서 짙은 살기가 풍겼다.

머릿속을 비우고, 오로지 적만을 생각한다.

소녀는 이미 한 마리의 맹수와도 같았다.

라이라가 자신의 손 위에 들린 것을 바라봤다.

차가운 검신. 달빛이 비치자 약간의 푸름이 감도는 장검.

'월천.'

"대행자님께선 한국으로 돌아가지 않으셔도 되나요?"

야차, 구화린이 물었다.

그녀의 주변으로 모든 오룡이 함께하고 있었다.

대행자라 불린 라이라는 고개를 저었다.

"가르쳐 줄 건 다 가르쳐줬어."

"걱정이 하나도 안 된다는 거예요?"

"안 해."

"거짓말. 그러면서 계속 한국이 있는 쪽을 바라보고 있잖아요."

구화린이 작게 웃었다.

본래 오한성은 그들의 지주이자 주인이었다. 하지만 '그날' 이후 그가 사라졌고, 대라선의 자리가 텅 비어버리는 사태가 벌어졌다. 나찰들이 이를 두고 갑론을박을 벌였지만 답이 나올 리가 만무했다.

그 과정에서 라이라가 월천을 들고 나타난 것이다.

이후 그녀는 '대라선의 대행자'로 불리며, 오한성이 다시 나타날 때까지 임시로 대라선의 직무를 받아들게 되었다.

그 과정에서 잡음이 없을 리 없었지만, 라이라는 오룡의 전폭적인 지지를 받았다. 아마도 그녀와 오한성의 관계를 오룡들 역시 눈치챈 것이었으리라.

"알아서…… 잘하겠지."

라이라는 가만히 서쪽을 바라보며 말했다.

걱정이 안 된다면 거짓말이다. 그녀의 아이와 요르문간드의 아이가 오늘 처음 그 힘을 선보이는 날이었으므로.

어리지만 다행히 이타콰와 이그닐이 함께한다.

남은 건 믿는 것뿐이었다. 마음 같아선 당장에라도 달려가고 싶지만…… 그녀에겐 자리를 비워선 안 되는 중요한 일이 남아 있었다.

"그나저나 오늘따라 '거신'의 상태가 이상하군요."

"만월이니까."

"조금 더 붉다고 해야 하나? 요즘 따라 거신의 상태가 시시각각 변하는 것 같아요."

거신은 태양이 되었다. 하지만 밤에도 여전히 존재하고 있었다.

본래라면 달이 뜨면 그 색을 감춘 채 고요하게 떠 있어야 했는데, 요즘에는 붉은빛을 뿜으며 이상 현상을 일으키고 있는 것이다.

그리고 그녀는 그 이상 현상 중 가장 기이한 현상을 일으키고 있다는 곳으로 급히 파견된 상태였다.

"거신이 문제가 아니야. 집중해. 이제 곧 몰려올 테니까."

"망자들 말이죠? 걱정 말아요. 쉽게 저희들이 설치한 진을 뚫지는 못할 테니까."

인도의 작은 마을.

특정 시간만 되면 망자들이 되살아난다고 한다.

그것만 따로 두고 보면 흑마법사의 장난처럼 보이지만, 문제는 살아난 망령들이 '이 세계'의 존재가 아니라는 데 있었다.

'암흑인.'

라이라는 심호흡을 했다.

암흑인은 분명히 모두 사라졌다. 그날, 암흑상회에서 모조리 모습을 감췄다.

수많은 추측이 오갔지만 거신이 지구로 이동하며 그 쓰임새를 다했기에 사라졌다는 평이 지배적이었다.

그리하여 완전히 사라진 줄 알았건만, 뜬금없이 인도에서 나타나고 있는 것이다.

하지만 나타나는 암흑인의 망령들은 말 그대로 '망자'였다.

흐으으으으으으!

그림자처럼 바닥에서 솟아난 망자들.

인간의 형태처럼 보인다. 암흑인의 모습이 아니었다.

그럼에도 암흑인이라 확신하는 건 그들이 내뱉는 '저주' 때문이었다.

-경매, 경매, 경매, 경매……

-포인트, 속죄, 포인트, 속죄……

-침략, 침략, 침략……

-상회, 공작, 상회, 공작……

이들은 말이 통하지 않는다.

하지만 이들은 특정 단어만을 내뱉으며 정신 공격을 가한다.

라이라가 이곳에 있는 이유는 간단했다.

그날의 전모를 알고 싶어서였다.

"아무래도 '진'의 효과가 있는 것 같군요."

"목소리를 들어도 괜찮은 것 같군."

본래 망자의 목소리를 들으면 정신이 멀어버렸다. 어지간한 각성자도 순식간에 미치광이로 돌변했다.

그들이 행하는 '침략' 탓이었다.

"목소리에 집중해. 저들이 무슨 말을 하는지 전부 기억해 놔야 하니."

하지만 라이라는 저들의 목소리를 하나라도 놓칠 수 없었다.

어쩌면, 그날의 전모와 '그'의 행방을 알 수 있을지도 모르니까.

-괴로워, 괴로워, 괴로워……!

-살려줘, 살려줘!

-원죄! 원죄! 원죄! 원죄!!

고모라의 알버츠.

믿기지 않지만, 그는 최근 무료해하고 있었다.

'제로 님이 언제 나를 부를지 모르겠군.'

전쟁은 팽팽했다.

세계에 남은 열 명의 데몬로드.

그중 넷이 제로의 파벌이었고, 남은 셋은 아르하임의 파벌이었으며, 안달톤 브뤼시엘이 나머지를 갖고 있었다.

4:3:3.

그들은 지금 지구의 남은 땅들을 흡수하고 자신의 영역으로 만들기 바빴다. 어느 정도 전쟁의 윤곽이 잡혔기에 땅을 다지는 작업을 개시한 것이다.

그리고 그것은 고모라의 알버츠도 마찬가지였다.

'제로 님이 왜 내게 이곳을 맡겼는지 아직도 모르겠어. 이렇게나 작고 나약한 곳인데 말이야.'

그는 자신의 성에 앉아 죽음으로 돌변한 주변의 대지들을 바라봤다.

검은 김이 모락모락 피어나는 용암 위에 지어진 성.

저 용암은 수많은 생명력을 연결해 마력이 폭주하도록 만든 알버츠의 걸작이었다.

하지만 최근에는 이 짓도 지겨워졌다.

'이곳에는 인간 강자가 많다고 해서 조금 기대하고 있었거늘. 처음에 보이던 놈들도 다 죽은 모양이군.'

처음에는 재밌어 보이는 인간이 제법 있었다.

하지만 지금은 눈을 씻고 찾아봐도 찾을 수가 없다.

'처음에는 맛있었지만 이젠 좀 질리는군.'

으그적. 으그적.

알버츠가 수많은 인간의 머리통을 한 손으로 쥐고, 그대로 입에 욱여넣었다.

처음에는 맛있었지만 최근에는 질리기 시작했다. 백색보다 황색이, 황색보단 검은색의 인간이 더 맛있다는 걸 알게 됐기 때문이다.

'영역을 넓혀서 검은색 인간을 찾아봐야……'

콰아아아앙!

순간, 성이 휘청거렸다.

'공격?'

알버츠는 잠시 자신의 눈을 의심했다.

이곳에는 더 이상 자신을 적대하는 세력이 남아 있지 않다. 모조리 죽였으니 말이다.

그런데 공격을 받았다?

'마력장이…… 사라졌군.'

더욱 놀라운 건 온전히 성이 공격을 받았다는 점이었다.

마력장을 두른 이 성은, 결코 일반적인 방법으로 공격할 수 없었다.

알버츠의 정신이 번쩍 들었다.

그가 자리에서 일어났다.

그 순간.

쿠아아아아아아아아아아앙!

별 하나가, 성 위로 떨어졌다.

콰르르르릉!

성이 무너지며 그 잔해에 알버츠가 깔렸다.

순식간에 거대한 성 하나가 박살 난 것이다.

그리고 그 위에, 달 모양의 인형을 안고 있는 에메랄드빛 머리카락의 소녀 하나가 달빛에 둘러싸인 채 하늘 위에 떠 있었다.

소녀는 알버츠가 반응하지 않는 걸 확인하곤, 손가락을 빨며 말했다.

"나 이제 집에 가도 돼?"

그러곤 흐아암, 하품을 늘어놓았다.

극에 달한 천진난만함이었다. 어떠한 걱정이나 두려움도 느껴지지 않는 모습. 하늘에 붕 떠 있는 채로 끔뻑끔뻑 눈을 감으며 잠을 참는 행동도 보였다.

"바보야, 아직 안 죽었잖아."

"크아아아아악! 감히 내 성을! 죽여 버리겠다!"

쿵!

알버츠가 잔해를 뚫고 튀어나오자, 회색의 머리칼을 가진 소년이 소녀의 엉덩이를 뻥! 하고 차버리며 그 자리를 대신했다.

이후 소년의 머리가 점차 가열되듯 붉어지자, 동시에 머리카락이 늘어나며 알버츠가 날린 공격들을 한꺼번에 분쇄시켰다.

그러거나 말거나 엉덩이가 차인 소녀는 커다란 소리와 함께 바위에 박혔고, 이내 겨우 몸을 추스르고 일어나선 입을 쭉 내밀었다.

"아파."

"멍청하게 가만히 있으니까 그러지."

"그치만 졸린걸."

"만만한 상대가 아니야. 전력을 다해. 안 그러면 엄마한테 말할 거니깐."

"너무해."

엄마라는 단어가 나오자 소녀가 움찔했다. 소녀와 소년에게 있어서 그 단어는 절대적인 것. 그만큼 가깝고 또한 두려운 게 바로 '엄마'였다.

소녀가 고개를 휘휘 저었다. 정신을 일깨우기 위함이다.

소년은 머리카락을 채찍처럼 휘두르며 주변을 방어했다.

그 모습을 보고, 알버츠가 감탄사를 흘렸다.

"알겠다. 너희가 그 소문의 '아이들'이로구나. 인간들이 키우는 비밀 병기! 흐흐흐, 그동안 쥐새끼처럼 숨어 있었던 이유가 있었군."

성이 무너져서 안타깝긴 하지만 상대방을 파악한 알버츠는 오랜만에 흥이 났다. 인간들이 어딘가에 숨어 있으리라곤 생각하고 있었다. 하지만 지금과 같은 때에 비밀 병기를 내놓을 줄이야.

소녀는 눈을 깜빡거렸다.

"비밀 병기가 뭐야?"

"무시해."

"응."

그래도 의외로 말은 잘 듣는 모양이었다.

알버츠는 다시금 '마력장'을 둘렀다. 동시에 알버츠의 모습이 사라졌다.

"하지만, 너무 어리구나. 완성되지 않은 병기로 감히 고모라의 알버츠 님을 상대하시겠다? 무지에도 정도가 있지!"

쿵!

보이지 않았다. 소리도 들리지 않았다.

하지만 순간, 소년의 신형이 거대한 무언가에 부딪힌 듯 날아갔다.

그대로 전신이 생명의 덩어리로 얼룩진 용암에 박혀 버린 것이다.

"다른 것들은 부쉈대도 나의 마력장은 보다 견고하다. 너희들은 나를 볼 수도, 막을 수도 없노라!"

목소리가 사방에서 퍼지는 듯했다.

순간 가속, 그리고 투명화.

알버츠의 주특기였다. 고도화된 이 기술들은 어지간한 데몬로드조차도 막지 못한다.

마치 공간을 자르듯 이동하는 순간 가속은 눈 깜빡할 사이에 대륙을 횡단할 수 있을 정도의 속도력을 가진다. 투명화는 준권능 수준의 탐지 마법이 아니면 육안으로 확인할 수조차 없다.

게다가 설령 발견하더라도, 마력장 자체가 가져다주는 효과는 모든 저항력을 월등하게 향상시켜 어지간한 공격은 통하지 않게 해준다.

'조금 가지고 놀아볼까?'

알버츠가 히죽 웃었다. 인간들이 남긴 마지막 비밀 병기. 이 둘은 무슨 맛일까?

어린아이는 맛있다. 육즙이 살아 있다. 저 아이들은 더욱 맛있을 것이다. 여태껏 접하지 못한 향기가 풀풀 풍겼다.

'어디부터 베어 먹어줄까? 팔? 다리?'

알버츠는 입맛을 다시며 '순간 가속'을 사용했다. 우선은 다리다. 고통에 신음을 흘리는 모습을 꼭 봐야겠다.

순간 알버츠의 눈이 빛났다. 순간 가속. 몸의 속도를 빠르게 끌어올리는 그의 권능!

쾅!

"커헉?"

그런데, 알버츠는 무언가에 맞고 튕겨져 나갔다.

순간 가속은 양날의 검과 같다. 너무나 빨라서 순간적으로 제동을 걸 수가 없다. 당연히 떨어지는 거대한 '유성'도 막지 못한다.

"머리에 안 맞았네. 아깝다."

소녀가 작게 중얼거렸다.

알버츠는 간담이 서늘해졌다. 팔 하나가 잘려 나간 탓이다. 순식간에 재생이 되었지만, 만약 머리를 잘렸다면 그대로 즉사했을 것이다.

"내가 보이는 거냐?"

"응."

소녀는 나른하기 그지없는 목소리로 답했다.

하지만 어떻게?

자신의 투명화 마법은 결코 보이지 않는다. 탐색 마법을 권능 수준으로 끌어올린 존재가 있다면 모를까.

그리고 그런 존재가 있을 리 만무했다.

그런데 소녀는 봤다. 심지어 정확하게 자신을 보고 있었다.

'하늘.'

소녀의 눈동자가 하늘을 바라보고 있었다.

알버츠도 하늘을 올려다보곤 작게 탄식을 흘렸다.

'달에 눈이……'

달에 눈이 새겨져 있다. 작지만, 분명히 보인다. 의식하지 못했다면 발견하지 못했을 것이다.

저 눈이, 자신을 따라다니고 있었다.

'저걸로 보는 것이구나. 요망한 년 같으니.'

발견했다면 답은 찾으면 그만이다.

알버츠가 바닥을 찼다. 그러자.

쿠우우우우웅!

대지가 파열하며 거대한 용암의 물결이 일어났다.

거대한 용암의 헤일이 하늘을 덮었다. 그리고 그 밑으로 알버츠가 움직였다.

"……?"

소녀는 당황한 듯 주변을 둘러봤다.

알버츠가 보이지 않는 것이다.

'잡았다……!'

알버츠가 손톱을 뻗었다. 무엇이든 찌르고 잘라내는 이 손톱은 데몬로드의 육체조차 갈기갈기 찢어발길 수 있었다.

닿는 순간, 소녀는 죽을 것이다.

하지만 알버츠는 개의치 않았다. 더 이상 재미가 없었기 때문이다.

푸아악!

알버츠가 지나가자 소녀의 전신이 반으로 나뉘었다.

허리가 정확히 절단되며 사방에 피가 솟구친 것이다.

'응?'

하지만, 고개를 돌린 알버츠는 순간 자신의 눈을 의심했다.

뭐지? 왜 저 자리에 소녀가 아닌 소년이 있단 말인가.

"오빠?"

그리고 소년이 있었던 자리에 소녀가 있었다.

자리가 바뀌었다.

툭!

반신이 잘린 소년의 잔해가 바닥에 떨어졌다.

눈동자가 사라지고 피가 줄줄이 흘러내렸다.

즉사. 그대로 절명한 것이다.

"자리를 바꾸는 특수한 마법이라도 사용하는 모양이군. 하지만, 죽음은 피할 수 없는 법이지."

어쨌든 하나는 처리했다.

이제 남은 건 소녀…….

"멍청아, 그러니까 한눈팔지 말랬지?"

……뭐냐.

죽은 소년의 목소리가 알버츠의 귓가에 들렸다.

고개를 돌리자, 신체가 '재생'된 소년이 자신을 쳐다보고 있는 게 아닌가.

"재생력이 특출하구나."

"아니야. 부활한 거야, 멍청아."

부활했다고?

"불사신이라도 된다는 말이냐?"

"비슷하지. 저녁이라 조금 느렸지만……."

이윽고 소년이 고개를 돌려 소녀를 바라봤다.

"엘리스, 엉덩이 한 대 추가야."

"히잉……."

이런 놈들은 처음이었다.

고모라의 알버츠. 데몬로드 서열 7위를 앞에 두고 이만한 여유라니.

생각이 없는 건가?

다소 당황스럽지만 그래도 놈들은 자신을 이길 수 없다. 실력의 차이가 확연하다. 불사신이라도 신체를 세포 수준으로 찢어버리면 재생하지 못하리라.

알버츠가 몸을 숙였다.

동시에.

파앙!

거대한 공기의 기류와 함께 튕겨져 나갔다.

소년의 머리카락이 붉게 물들며 장벽을 만들었지만 한발 늦었다. 알버츠가 훨씬 빨랐다.

촤촤촤촹!

하지만 또 막혔다.

알버츠가 인상을 찌푸렸다.

'이번엔 또 뭐냐. 뭐란 말이냐.'

자신의 속도를 막을 수 있는 존재라니.

그런 존재는 여태껏 하나밖에 없었다. 하지만 이전의 전투에서 커다란 부상을 입었을 터.

"형!"

크롸아아아앙!

소년이 반갑다는 듯이 외쳤다.

전신을 철갑으로 두른 거대하기 짝이 없는 용이 그에 응답하듯 거대한 고함을 내뱉었다.

"……이타콰."

알버츠가 고개를 끄덕였다.

이타콰. 신속의 용. 저 거대하기 짝이 없는 동체와는 달리, 유일하게 자신의 속도를 잡을 수 있는 용이었다.

전신이 단단하고 날카로운 구조로 되어 있어 까다롭다고 알려져 있었다.

"유명인사께서 납셨군."

하지만 알버츠가 직접 이타콰를 본 건 이번이 처음이다. 소문만 들었을 뿐 막상 한국에선 모습을 보이지 않았던 탓이다.

수많은 전장의 결과를 바꾸고, 특히 제로가 애지중지하며 키웠다고 전해지던 '둠 드래곤'을 죽였을 땐 그 명성이 데몬로드들 사이에서도 파다하게 퍼졌다.

누가 더 빠를까?

그에 관한 궁금증이 항상 있었다.

"어디, 내 속도를 막을 수 있을지 궁금하구나. 신속의 용이여!"

알버츠가 몸을 굽혔다.

동시에.

퍼어어어어엉!

소리가 들렸을 땐 이미 이타콰에게 쏘아진 뒤였다.

"……보고드립니다. 알버츠의 소멸이 확인되었습니다."

"피해는?"

"태양의 아이가 여섯 번 사망하였고, 달의 아이가 품고 있던 인형이 반파되었습니다. 신속의 용은 이전 '둠 드래곤'을 상대하며 입었던 상처가 더 커졌습니다."

"아슬아슬했군. 달의 아이는 '폭주'했나?"

"예, 인형이 부서지자 '폭주' 상태로 접어든 걸 확인했습니다. 현안의 용께서 '문'을 만들어 라이라 님을 소환하신 덕분에 잠잠해지긴 했습니다만…… 점점 그 시기가 늦어지고 있습니다."

"폭주 상태가 해제되기까지 몇 분이 걸렸지?"

"라이라 님이 나타나신 후에도 5분 28초가 걸렸습니다."

"자칫 잘못됐으면 한국이 지상에서 사라질 뻔했군."

"예."

어두컴컴한 동굴 안.

보고를 받던 김민식이 작게 한숨을 늘어놨다.

그래도 이겼다. 달의 아이, 태양의 아이, 그리고 이타콰 고작 셋의 조합으로 말이다.

물론 그 전에 알버츠의 전력을 크게 손상시켜 두고 몇 가지 조치를 취해둔 덕분이긴 했으나.

'통한다.'

인류의 힘이, 심연의 힘을 눌렀다. 3년 만이었다.

3년 동안 인구는 격감했다. 정확한 인구의 집계가 어느 순간부터 되지 않긴 했지만, 10억 안팎으로 남은 건 확실하였다.

'문제는…… 우리가 가진 힘의 통제가 너무 어렵다는 것.'

아주 큰 문제였다.

태양의 아이는 그나마 말을 듣는다. 그 아이의 불사성에 가까운 육체와 명석한 머리는 도움이 될 때가 많았다. 더욱 성장한다면 정말 데몬로드와 필적할 수도 있을 것이다.

하지만 달의 아이는 아니다. 그 아이는 기복이 너무 심했다.

'라이라가 직접 모습을 보여도 5분여라…….'

달의 아이는 운석을 끌어온다. 엘리스라 이름 붙은 그 소녀는 태어날 때부터 달과 별의 축복을 받고 있었다.

단순히 공격력만 따져 보면 그 아이를 따라갈 자가 없다. 데몬로드 중에서도 흔치 않을 것이다.

문제는 극심한 공격 위주라는 것. 그나마 태양의 아이가 있어서 어느 정도 보완이 됐지만, 암살당하기 너무 쉽다.

무엇보다 정신이 불안정했다.

친모인 라이라가 직접 말려도 5분이 걸리다니. 잘못했으면 넷 모두를 잃을 뻔했지 않았는가.

'인형이 유일한 정신 방어기제다. 그 인형…… 오한성, 녀석의 모습을 하고 있었지.'

태어날 때부터 유성을 불러오는 체질이었다. 심심하면 유성이 떨어져서 주변이 초토화됐다. 지하에서 숨어 살아갈 수밖에 없었다.

불안정했고, 불완전했다.

발작을 일으킬 때마다 간담이 서늘해질 수밖에 없었다.

그런데 그랬던 달의 아이가, 엘리스가 라이라가 직접 짜서 만든 오한성의 인형을 보더니 안정을 취하기 시작했다.

물론 다소 축소화되고, 캐릭터화되어 있긴 했지만, 녀석의 모습을 꽤 정확하게 표현하고 있었다.

문제는 그 인형이 시야에 안 보이거나 박살이 나면 폭주가 시작된다는 건데.

"현안의 용은? 왜 돕지 않고 나중에 나타났던 거지?"

"……모르겠습니다. 원래부터 협조적으로 나오진 않았잖습니까."

이그닐도 문제였다. 현안의 용은 인류를 돕는 데 적극적이지 않았다. 이타콰와는 달리 말이다.

항상 어디 있는지 알 수 없고, 정말 위험하다 판단될 때 한 번씩 모습을 비추는 것 외엔 볼 길이 없었다.

첫 단추. 알버츠를 죽였으나 아직도 문제는 산재해 있었다.

"총사령관님, 그런데…… 정말 깨우실 겁니까?"

"지난 3년간 찾아다녔다. 발견했으니 당연히 깨워야지."

"괜찮겠습니까? 저희를 보고 공격할 수도 있을 텐데요."

"그러지 않기를 바랄 수밖에."

김민식이 시선을 돌렸다.

오한성도, 우리엘 디아블로도, 제천대성도 사라졌지만, 단 하나 사라지지 않은 게 있었다.

어딘가에 있으리라 생각하여 심연과 지구 전체를 샅샅이 뒤졌다.

그 끝에 발견할 수 있었다.

심연에서 지구로 떨어진 존재.

거대한 불꽃.

'크투가.'

분명히 그렇게 불렸던 녀석이다.

김민식이 실제로 크투가를 본 건 한 번뿐이었다. 먼발치에서 힐끗 흘겨봤을 뿐임에도 그 광활한 마력에 압도되지 않았던가.

왜 그가 지구에 있는지는 모르겠지만 발견한 이상 깨워야 한다.

물론 위험한 일이라는 데에는 이견이 없다. 만약 그가 지구를, 인류를 적대한다면 데몬로드가 하나 더 늘어난다고 봐도 무방했으니.

'뒤가 없다.'

하지만, 김민식은 확신했다.

이 전쟁은 지구의 모든 걸 갉아먹고 있었다. 설혹 승리하더라도 인류가 받은 피해를 수복하는 데 수십, 수백 년이 걸릴 터였다.

이겨도 저도 뒤가 없다면 도박을 할 수밖에 없다.

조금이라도 사용할 수 있는 패를 늘리는 거다.

그리고 제발 이 패가 조커가 아니기만을 바랄 뿐이었다.

"시작하라. 의식을 개시한다."

동시에 김민식의 뒤에 있던 마법 병단 백여 명이 앞으로 튀어나와 합장을 하고 마력을 전개했다. 생겨난 불꽃들은 모조리 '크투가'에게 흡수되기 시작했다.

'더 많은 불이 필요하다.'

지난 몇 년 동안, 크투가를 찾아다녔다.

당연히 그에 대한 문헌도 심연에서 찾을 수 있었다.

크투가. 무척이나 오래된 고대의 존재. 진화의 불이라 불리던 절대적인 불꽃!

일정 이상의 불이 존재하지 않으면 크투가는 깨어나지 않는다.

하지만 아무리 불의 마력을 쏟아부어도 크투가의 신체는 일어설 기미가 보이지 않았다.

"마력을 끌어올려라. '진원'을 사용하는 걸 허락하겠다."

진원. 생명의 원천을 사용하여 마력을 더욱 불태운다. 본래라면 금지된 방법이지만 지금은 물불을 가릴 때가 아니었다.

그리고 이곳에 있는 모두는 인류의 승리를 위해서라면 마땅히 목숨 바쳐 자신을 희생할 준비가 되어 있었다.

그건 김민식이라고 다르지 않다.

'알레테이아.'

-불이 필요하느냐?

'압도적인 불이 필요하다.'

가짜 알레테이아. 어느 순간부터 김민식의 몸 안에 들어온 의식. 이 의식은 '자신의 집'으로 돌아가고자 김민식에게 협조하고 있었다.

덕분에 김민식은 '인류 최강' 타이틀을 손에 거머쥘 수 있었다.

'많이 따라잡았어.'

3년 전, 오한성. 녀석의 수준에는 미치지 못해도 상당히 좁은 간격으로 따라잡았다고 자신한다.

김민식은 고개를 저었다.

지금 없는 녀석과 비교해 봤자 무의미하다.

일단은······.

'상태창.'

이름: 김민식

직업: 마검사

칭호:

- 절세의 모험가(9Lv, 모든 능력치+6)
- 왕 학살자(8Lv, 힘+13)
- 알 수 없는 신의 사도(9Lv, 모든 능력치+5)

능력치:

힘 115(91+24) 민첩 109(91+18) 체력 105(91+14)

지능 102(91+11) 마력 112(91+21)s

잠재력(455+88/485)

스킬: 월광(8Lv), 궁극마법(9Lv), 심판자(8Lv), 불굴(9Lv)

착용한 장비: 만년검(마력+5) 팔라딘의 망토(민첩+3), 군림의 반지(마력+5), 바람정령의 신발(민첩+4), 가호의 목걸이(체력+3)

순수 능력치가 450을 넘어서부터 거의 오르지 않고 있었다.

이를 보완하고자 온갖 칭호와 장비를 쏟아부었지만, 로드나 초월적인 괴물을 상대하는 데에는 한계가 있었다.

현재 남은 로드들은 자신의 수준을 아득히 넘고 있다.

놈들을 따라잡으려면 특단의 조치가 필요했다.

그래서 만들었다.

궁극 마법. 그리고 알레테이아와의 변환 마법.

[모든 마력의 형질이 '불'로 변환되었습니다.]

[다른 순수 능력치들을 변환해 잠시 마력 수치를 올릴 수 있습니다.]

'최저한의 능력치를 제외한 모든 것을 마력 수치로 변화하겠다.'

[마력이 '24' 상승했습니다.]
[힘, 민첩, 체력의 순수 신체 능력치가 10에 수렴합니다.]
[주의. 지능이 낮아지며 항마력이 극도로 약해집니다.]

후-우-우-우!
불이 전신을 감쌌다.
심호흡을 한다. 김민식이 마검사의 끝에 다다르며 스스로 만든 비기. 성장 한계를 뚫고자 모든 것을 집대성한 스킬.
하지만 양날의 검이다. 지금 김민식의 신체는 일반인보다 조금 강한 정도. 어지간한 공격에도 즉사할 수준이었다.
'모든 불을 크투가에게.'
자신의 모든 불을 넘긴다.
여기서 끝이 아니다.
품에서 붉은 보석 하나를 꺼냈다.
'불의 정수.'

심연. 태양왕의 성에 다시 잠입하여 구해낸 정수.

분명히 크투가의 것이었다.

목숨을 걸고 구해왔으니 제 가치를 해주길 바란다.

당시 자신에게 해주었던 오한성의 말이 사실이라면 크투가는 인류를 도와줄 것이었다.

'제발, 제발…….'

김민식은 간절했다. 그런 그의 간절함이 통한 것일까.

화아아아아아아악!

크투가의 전신이 빛나기 시작했다.

그리고…….

번쩍!

크투가가 눈을 뜨자 빛의 무리로 이루어진 안광이 동굴 전체를 가득 채웠다.

크투가가 눈을 떴다.

"으음, 여긴 어디지?"

"지구."

작은 불꽃들이 주변에 넘실거렸다. 시선을 돌리자 백을 넘기는 인간들이 잔뜩 지친 상태로 이쪽을 바라보고 있었다.

"크투가, 오랜 시간 잠들어 있어서 지금의 상황을 모를 거라고 생각한다. 네가 아직도 오한성을 따르고 있다면 우리를 도와다오."

"내가 오랜 시간 잠들어 있었다고?"

"3년 정도. 심연의 시간은 알 수가 없으니 정확하진 않지만……."

김민식의 말에 크투가가 인상을 찌푸렸다.

뭐가 뭔지 알 수가 없었다. 왜 자신이 잠들었는지도 말이다.

그리고 왜 자신이 지구에 있는 것인지는 더더욱 알 수가 없었다.

"오한성은 어디 있느냐."

"그는…… 죽었다."

"죽었다?"

이건 또 무슨 씻나락 까먹는 소리인가.

"'위대한 별'이 지구로 이동됨과 동시에 녀석은 사라졌다. 아마도 죽었겠지. 3년이나 모습을 드러내지 않았으니까."

"위대한 별이 지구로…… 그렇군."

크투가가 고개를 끄덕였다. 마지막 경매에서의 전쟁. 크투가도 어렴풋이 느끼고 있었기 때문이다. 이상을 느끼고 움직였지만, '위대한 별'이 폭발하며 정신을 잃었다.

그리고 다시 눈을 뜨자 지금이다. 3년.

'위대한 별, 천마의 육체.'

아마도 그 때문일 것이다.

위대한 별의 모체가 된 천마. 그 천마의 육체가 자신의 것이기 때문이다. 위대한 별이 지구로 떨어지자 이 육체도 자석에 끌리듯 지구로 향한 게 분명하다.

"라이라 디아블로는?"

"그녀는 우리를 도와 데몬로드들을 상대하고 있다. 덕분에 멸망이 3년은 늦춰졌지."

"우리엘 디아블로도, 오한성만 없다?"

"하지만 그의 자식들은 남아 있다."

"자식? 아아…… 무사히 낳은 건가."

크투가는 인상을 찌푸렸다. 아무래도 3년이 지난 게 사실인 듯싶었다.

"그런데 놈이 죽었다는 게 믿기지 않는군."

오한성은 불사신이었다. 우리엘 디아블로도 마찬가지다. 죽여도 죽지 않을 것 같은 놈이 죽었다고?

질 나쁜 농담이리라.

하지만 김민식의 얼굴엔 변화가 없었다.

"크투가, 우리를 도와다오. 너의 힘이 필요하다."

"흐으으음…… 내가 따르기로 한 건 오한성, 그 빌어먹을 놈이지 너희들이 아니야."

애당초 내기와 계약을 통해서 갑과 을의 관계가 되었을 뿐이다. 지금 오한성이 없다면 굳이 그들을 도와줄 이유도 의무도 없었다.

김민식의 표정이 굳었다.

어렵게 찾아서 깨웠는데 도와주지 않는다면 말짱 도루묵이다.

"한데 이상하군. 계약이 풀리지 않은 것 같은데……."

"무슨 소리지?"

"아무것도 아니다. 너희들이 신경 쓸 게 아니야. 하여간 나는 자유의 몸이다. 방해하지 않는다면 놈과의 연을 생각해서 살려두겠다만, 방해한다면 모조리 타버릴 각오를 하는 게 좋을 거다."

크투가는 여유가 넘쳤다.

실제로 그를 앞에 두니 그 여유의 의미를 알 것 같았다.

'강하다.'

이길 수 없다. 여기 있는 모두가 원래의 상태로 덤벼도.

'제기랄. 너무 안일했던가?'

처음부터 반반이었다.

만에 하나의 가능성만을 가지고 건 도박 수.

인류를 적대하지 않는 것에 그나마 감사함을 느껴야 하는 걸까?

쩌어어억!

순간, 공간에 균열이 생겼다.

그리고 그 균열을 통해 눈이 휘둥그레지도록 아름다운 여인이 모습을 드러냈다.

"호오…… 이 마력. 너는, 이그닐이냐?"

"오랜만이에요, 크투가."

이그닐!

소녀였던 그 황금의 용은 이제 어엿한 숙녀가 되어 있었다. 하지만 과거와 달라진 점이라면 더 이상 이그닐의 얼굴과 눈빛에서 천진난만함을 찾기 어렵다는 것이었다.

무표정. 무감정. 권태로운 눈빛.

"내가 깨어나는 걸 용케 알아냈구나."

"애당초 제가 찾아냈으니까요."

김민식은 입을 가만히 다물고 있었다. 위치를 특정해 준 게 이그닐이 맞긴 했다. 워낙에 애매모호하게 표현해서 찾는 데 시간이 걸린 거다.

하지만 동시에 화가 나기도 했다.

"이그닐, 왜 '아이들'을 도와주지 않은 것이냐? 이타쾌도 큰 중상을 입었다. 네가 도와줬으면……."

"그 정도도 이기지 못하면 희망이 없으니까."

"뭐?"

이그닐은 답하지 않았다.

항상 이런 식이었다.

원래부터 이러지 않았다고는 들었지만, 라이라 디아블로도 그저 슬픈 눈빛만 지어 보일 따름이었다.

그나마 이그닐을 통제할 수 있는 건 라이라 디아블로뿐. 나머지와는 대화다운 대화를 나누는 것조차 기피하는 모습이었다.

극도의 마이웨이. 무엇을 생각하는지 누구도 모른다.

하지만 오늘만큼은 그녀의 눈에 약간의 열망이 깃들었다.

"크투가, 당신이 필요해요."

"흥, 나는 이제 누구의 말도 듣지 않는다. 나는 자유야!"

"아니요. 아직 '계약'은 끊기지 않았을 거예요."

"……그걸 네가 어떻게?"

크투가가 멈칫했다.

맞다. 아직 오한성과 맺은 계약이 끊기지 않아서 의아해하고 있었다.

그런데 그걸 이그닐이 알고 있는 것이다.

'정말 같은 존재가 맞는 건지 의심부터 들 정도군. 이그닐…… 그동안 무슨 일이 있었던 거지? 전혀 다른 존재라고 해도 믿을 수 있을 것 같지 않은가.'

크투가는 근원을 본다. 그 생명력을 직시할 수 있다.

그런 크투가조차 이그닐의 현격함에 혀를 내두를 정도였다.

이 정도면, 이 정도 힘이면…….

하지만 힘을 숨겨놓고 있다. 왜일까?

이그닐이 말했다.

"아빠의 아이들이 그 계약을 이었어요. 당신은 그 아이들의 말을 들어야 합니다. 그래야만……."

이그닐이 마지막 말을 힘겹게 삼켰다. 조금은 울 것 같은 표정으로.

뭔가를 알고 있는 게 분명하다.

여태껏 말하지 않았던 진실들.

이윽고, 입술을 깨문 이그닐이 다시금 입을 열었다.

"그래야만 아빠를 부를 수 있어요."

"……오한성이, 안 죽었다고?"

먼저 반응한 건 김민식이었다.

여태껏 그는 이런 이야기를 들어본 적이 없었다.

하지만 이그닐은 서글퍼하는 표정으로 고개를 저었다.

"죽었습니다. 그래도 의식만은 분명히 남아 있을 거예요. 거신의 안에 섞인 채로."

"방금 전엔 분명히 다시 부른다고……."

"아이들의 힘이 커지면 분명히 불러낼 수 있을 거예요. 분리할 순 없겠지만 거신을 부술 계기는 마련되겠죠. 그럼…… 아빠의 고향을 지킬 수는 있을 거예요."

이그닐이 주먹을 꽉 쥐었다.

어쩌면 지난 3년은, 이그닐이 오한성의 죽음을 받아들이는
데 필요한 시간이었을지도 모르겠다.

'네 그림자가 이토록 컸구나.'

김민식은 이를 악물었다.

오한성, 이 빌어먹을 녀석 같으니.

이렇게 많은 이가 너를 바라는데. 너를 기다리는데.

대체 왜 죽은 거냐? 대체 왜…….

제로가 어둡게 물든 하늘을 올려다보았다.

쿠르릉!

그의 눈이 닿자 거대한 검은색 탑의 중심에 천둥이 휘몰아
쳤다. 탑의 꼭대기 부분에 달린 거대한 '악마의 눈'이 지상을
쏘아보며 모든 것을 감시하고 있었다.

악마의 탑.

본래라면 자유의 여신상이 있었어야 할 장소.

하지만 지금은 그 여신상 대신 제로의 탑이 있다.

주변의 바다가 모두 진흙처럼 변하고 탑의 주위를 몇 마리
의 용이 돌아다니며 지키고 있었다.

이 탑으로 말미암아 미국 전역의 모든 '생명체'는 마력을 뺏

졌다. 제로는 무한에 가까운 힘을 얻었고 그 공포를 모든 데몬 로드와 인류에게 뻗치고 있는 중이었다.

"고모라의 알버츠가 죽었습니다."

하지만 아직도 그에게 반항하는 자가 남아 있었다.

검은색의 투구와 망토를 착용한 제로가 시선을 옮겼다.

그 시선을 받은 데몬로드가 급히 부복했다. 몸을 부들부들 떨고 식은땀을 흘렸다. 지구에 온 이후 제로는 공포 그 자체가 되었다. 과거의 둠조차도 지금의 제로를 막진 못하리라.

'무서우신 분.'

하지만 그 아래에 있어서 다행이었다.

안달톤 브뤼시엘? 아르하임?

누구도 제로의 상대가 될 순 없다. 그는 절대자였다. 신이라 고 답이 있을까?

"……'놈'의 아이들이 죽인 것으로 확인되었습니다."

놈. 우리엘 디아블로.

놈은 죽었다. 둠과 함께 사라졌다. 하지만 놈의 주변에 잔류 해 있던 자들이 인류를 돕기 시작했다. 놈의 아이들도 마찬가 지였다.

이유는 알 수 없지만 우리엘 디아블로의 평소 행실을 생각 해 보면 이해는 됐다. 미치광이 밑에 미친 종자들이 있는 거다.

"하지만 걱정 마시길. '태양성'은 여전히 움직이지 않고 있습니다. 물론, 그들이 움직인다 하더라도 이미 이 기류를 바꿀 수는 없겠지만 말입니다."

우리엘 디아블로는 태양왕이었다.

안달톤 브뤼시엘이 사자왕이 되어 그의 군단 모두를 지구에 끌고 온 것처럼 태양왕의 휘하들이 한꺼번에 몰려오면 골치가 아플 가능성이 농후했다.

하지만 우리엘 디아블로가 죽자 태양성의 병력들은 마치 언듯이 조용해졌다. 군단장들이 남아서 차기 왕이 되고자 전쟁을 치르고 있다고.

"문제는 알버츠를 죽인 자들입니다. '놈'의 아이들과 인간들이 힘을 합쳐 알버츠의 말살에 성공한 듯싶습니다만, 가만히 놔둬야 할지요?"

이게 제일 큰 문제였다.

제로의 파벌이 4명, 아르하임이 3명, 그리고 안달톤 브뤼시엘이 3명이었다.

그런데 그 균형이 무너졌다. 미묘하던 우위가 사라진 셈이다.

이미 다른 로드들도 이 사실을 알아차렸으리라.

그렇다면 후속 조치의 문제가 남아 있었다.

이대로 인간들을 방치하느냐, 아니면 확실하게 보복하느냐. 보복을 한다면 그곳엔 개미 한 마리 남지 않을 것이다.

제로는 무서운 존재였다. 그의 적이 된다는 것만으로도 소름이 끼칠 지경이니까.

"······."

제로의 시선이 닿았다.

그는 말을 하지 않는다. 그는 머릿속으로 '명령'을 내릴 뿐이었다.

부복하고 있던 데몬로드가 고개를 끄덕였다.

"예, 그러도록 하겠습니다."

사방에서 태극기가 올라왔다.

고모라의 알버츠가 가둬두었던 인질들을 해방하고, 지상으로 올라온 그들은 드디어 목 놓아 울 수 있게 되었다.

"아아······!"

"살아 있었구나, 살아 있었어!"

"한국은 우리 땅이다, 이 개 같은 놈들!"

김민식 총사령관의 인도 아래, 천만 명에 가까운 사람들이 밀집했다.

혹시나 문제가 생길 때를 대비하여 곳곳에 지하 벙커를 만들어 놓고 괴물들과 항쟁한 덕분에 이만큼이나 생존할 수 있었던 것이다.

다른 나라에 비해서도 압도적인 생존률.

김민식과 유서희가 한국의 정·재계를 휘어잡아 만들어낸 결과였다.

하지만 아무리 많이 살아남았다고 하더라도 전쟁의 여파는 컸다. 그 슬픔과 울분은 이루 말할 수가 없었다.

3년.

길다면 길고, 짧다면 짧은 시간.

하지만 그 시간 동안 새겨진 상처가 너무 많았다.

"고모라의 알버츠를 죽였습니다! 인류가 처음으로 데몬로드 사냥에 성공한 겁니다! 여러분! 희망은 있습니다! 인류는, 놈들을 이길 수 있어요!"

"옳소! 우리에겐 김민식 총사령관이 계시지 않은가! 세계 최강의 검희 유서희도, 태양과 달의 아이들도, 그리고 '수호의 용'도 있지! 연합군 또한 우리를 돕고 말이야!"

"우리가 힘을 합치면 놈들은 아무것도 아니야!"

사람들은 노래를 불렀다. 폐허가 되어버린 도시의 안에서. 술을 마시고, 고기를 뜯고, 축제를 지냈다.

열기가 데일 듯이 뜨거웠다. 본래, 데몬로드는 '불가해'의 적이었다.

대적불가. 살기 위해선 도망쳐야 하는 천적 중의 천적.

그런데 처음으로 그 규칙이 깨졌다.

이 변화는 한국을 시작으로 전 세계에 뻗어 나갈 것이다.

아직 살아남은 사람은 많다. 남은 적은 아홉. 그들만 죽이면 된다.

"인간들이 요란스럽군."

"데몬로드 따위에 벌벌 떠는 꼴이라니."

"어차피 저들은 할 수 있는 게 없어."

하지만 모든 '종족'이 그런 것은 아니었다.

연합군. 각각의 종족들이 '문'을 넘어와 인간들에게 협력했다. 하지만 공짜로 도와주고 있는 것은 아니었다. 지구의 자원들을 약속하거나, 몇 가지 대가를 치러 용병처럼 데려온 이들도 있었다.

반용족. 이들이 그러한 경우였다.

용과 괴수의 피를 이어받은 그들은 태생적인 전사였다. 그들은 직접 용을 사냥할 정도로 강력했고, 마족들을 몇 번이나 격퇴시킨 전적이 있었다.

그런 그들의 시선에서 보자면 지금 인간들의 행동은 이해가 되지 않는 것이었다.

그리고 그들의 말을 들은 사람들이 있었다.

"뭐라고? 고모라의 알버츠를 잡을 때, 정작 한 것도 없는 반용족이 말만 많군!"

"뒤에서 구경이나 한 주제에. '마력장'을 부순 것도 검희 유서희잖아?"

반발이 생겼다. 반용족들이 이맛살을 구겼다.

"우린 불필요한 싸움을 하지 않는다. 알버츠를 죽여봤자 전쟁이 끝나는 건 아니지 않나?"

"오히려 기름에 불만 붙인 꼴이지. 인간들이여, 너희들은 그들의 보복을 대비해야 한다. 지금처럼 축제나 지내고 있을 때가 아닐 텐데."

사람들이 더욱 야유를 보냈다.

"겁쟁이들. 이번 싸움에 패배할 가능성이 높으니까 참전하지 않은 거겠지."

"졌으면 가장 먼저 도망치지 않았겠어?"

분위기가 순식간에 험악해졌다.

반용족의 숫자는 일천여. 하지만 인간 측 역시 모두가 각성자다. 지난 3년간 끊임없는 전쟁을 통해 어느 정도 수준 이상으로 강해져 있는 상태였다.

"우리 반용족을 모욕하는 건가?"

"가만히 듣고 있을 수 없군. 너희들의 의견을 우리에게 관철하고 싶다면, 검을 뽑아라. 전사의 대결을 하자."

반용족의 전사들이 무기를 들었다.

그러자 섣불리 나서는 사람이 없었다. 이번 전쟁에 참여하지 않았다뿐이지, 반용족이 강력한 종족이라는 걸 모두가 알기 때문이다.

"워워, 저기요. 지금 서로 싸울 때가 아니거든요?"

그때, 한 청년이 머리를 긁적이며 앞으로 나왔다.

무언가를 만들고 있었던 듯 먼지 자국이 전신에 자욱했고 망치 한 자루를 들고 있었는데, 어딘지 모르게 이질적인 느낌이 드는 남자였다.

"강찬 님?"

"아아…… 그 전설적인 건축가!"

강찬.

그는 심연에서 나타났다.

심연의 경매장에서 칠 대 죄악 중 하나인 '나태'에 봉인된 채로 말이다.

강찬은 엄청난 건축술과 대장장이 기술을 가지고 있었는데, 덕분에 지난 3년간 한국의 사람들이 데몬로드를 피해 안전히 숨어 있을 수 있었던 것이다.

"놈들이 우리들을 모욕했다. 가만히 듣고만 있으란 말인가?"

반용족의 우두머리가 앞서 나왔다.

강찬은 고개를 저었다.

"아니요. 일단 나중에 해결하라는 겁니다. 눈이 있으면 하늘을 좀 봐요. 지금 서로 싸우고 있을 때가 아닙니다."

반용족의 우두머리가 고개를 들었다.

"……!!"

그리고 크게 기겁했다.

그 뒤를 따라 많은 사람이 하늘을 바라봤지만, 고개만 갸우뚱할 뿐이었다.

"뭐가 보여?"

"왜? 왜 그러는데?"

그때, 반용족의 우두머리가 급히 검을 뽑아 들었다.

"전장에 임하라! 검을 뽑고 날개를 펼쳐라! 적이…… 적이 나타났다!"

강찬이라 불린 남자도 고개를 끄덕였다.

"적들의 대처가 엄청나게 빠르군요. 흠…… 일단 저도 가세하겠습니다."

그가 거대한 망치를 들었다.

투박하기 그지없지만, 망치를 든 그의 전신에서 푸른빛이 마구 솟아오르기 시작했다.

그날. 경매의 마지막 날, 심연에 남아 있던 유일한 존재.

무슨 이유에서인지 '나태'의 옆에 봉인되어 있었지만, 무언가의 비밀을 안고 그는 현재 인류를 돕고 있었다.

강찬이 망치를 휘둘렀다.

그러자.

콰아아아아앙!

허공에 거대한 충격파가 생기며 저 멀리서 날아오던 마족들이 후두두둑 떨어져 내렸다.

 ✦

기뻐할 틈이 없었다.

이제 막 해방감을 느끼고 있었건만, 적들의 공격이 시작된 것이다.

이만한 대처 속도는 누구도 예상하지 못했다. 김민식도, 유서희도, 그 누구조차도.

"그나마 다행인 점이라면 본대가 아니라는 것 정도인가."

김민식이 손톱을 깨물었다.

1차 접전. 대략 10만 마리 정도의 마족들이 침공해 왔다.

하지만 그들은 주변을 배회하던 잔여물 정도에 지나지 않는다.

본대가 이곳으로 향하고 있었다.

"누구지? 누가 본대를 이끌고 오고 있는가."

"흡혈왕 아넬로우. 그가 오고 있는 게 확인됐습니다."

김민식이 이마를 꾹 눌렀다.

아넬로우. 설마 이렇게 빠른 시기에 제로가 결단을 내리고 그를 보낼 줄은 몰랐다.

알버츠와는 차원이 다른 로드다. 서열 6위. 알버츠보다 서열이 하나 높지만, 그 하나의 차이는 상상을 불허했다.

"언제 도달하지?"

"앞으로 3일 정도면…… 문제는 그 시간 동안 계속해서 마족들이 이곳을 침공할 것이라는 점입니다."

놈은 쉬지 않는다. 발이 빠른 마족들로만 구성해서 계속 한국을 노리고 있었다.

쉴 새 없이 몰아칠 작정이었다. 가만히 받아주기만 해선 답이 없다. 죽음을 기다리는 것과 같았다.

'하지만 우리에겐 크투가가 있다.'

불의 화신 크투가.

그리고 이그닐이 있었다.

그 둘이 전력을 다해 돕는다면, 천하의 아넬로우라도 상대할 수 있지 않을까.

그런 얄팍한 희망을 담아봤다.

"불가."

아넬로우의 침략 소식을 들은 크투가가 못을 박았다.

단언하며 말하자 도리어 인상이 찌푸려졌다.

"……왜지?"

"지금 정도의 마력으로는 싸우는 데 한계가 있다. 최대 5분 정도 버텨주는 게 전부겠지."

"어떻게 해야 제대로 싸울 수 있나?"

"오한성이 나타난다면 나는 놈이 가진 '불의 힘'으로 싸울 수 있다. 하지만 지금은 놈이 없지."

"태양의 아이가 있지 않느냐."

크투가 고개를 저었다.

"너무 어리고 약해. 그 정도 불꽃으로는 내 아바타르조차 이길 수 없을 거다. 물론 방법이 아예 없는 건 아니다만……."

"방법이 뭐지?"

김민식이 눈에 힘을 꽉 줬다.

크투가가 협력해 줘야 방법이 생긴다. 적의 대처가 그의 생각을 아득히 뛰어넘고 있었다.

급습이 있을 거라고 생각은 했지만 설마 이렇게 빠를 줄이야.

알버츠와의 싸움에서 아이들과 이타콰의 상처가 너무 심하게 남았다. 회복되려면 시간이 필요하다.

크투가가 턱을 쓸며 말했다. 정말 별거 아니라는 듯이.

"그 태양의 아이라는 녀석, 그 녀석을 내가 먹으면 가능하겠지."

"……말도 안 되는 소리를 지껄이는군."

김민식이 인상을 팍 구겼다. 태양의 아이를 먹는다고? 김민식이, 인류가 그 아이를 위해 모든 걸 투자한 게 3년이다.

3년 동안 VIP도 받지 못할 굳건한 수호를 받으며 자라온 게 바로 그 아이였다.

단순히 오한성의 아이이기 때문인 것만은 아니다.

달의 소녀와 태양의 소년. 두 아이에게서 인류의 미래를 발견했기 때문이다.

그런데 지금, 그 미래를 크투가는 '먹는다'라고 말하고 있었다.

"그렇다면 큰 기대를 말거라. 지금의 내가 해줄 수 있는 것이라곤 고작해야 시간을 끄는 것 정도니까."

"그 아이는 오한성의 자식이기도 하다. 그 녀석이 본래 너의 계약자이지 않았나?"

"현실적인 대안을 내어준 것뿐이다. 게다가 나는 정령이지. 너희 생명체들처럼 대를 잇지 않는다. 당연히 너희들이 말하는 '자식과 부모'의 관계도 이해할 수 없다."

크투가에게 있어서 그러한 것들은 매우 합리적이지 못한 사항일 따름이었다.

모성애나 부성애와 같은 것들이 자연에서 잉태되는 정령인 크투가에겐 없었다.

김민식이 입술을 깨물었다.

조금만, 조금만 시간이 있었다면, 완벽하게 방어해 냈을 것이다.

'본래의 계획은 알버츠를 처리하고 장벽을 세우는 것이었지.'

강찬이라 불리는 알 수 없는 존재. 그는 엄청난 건축가이자 대장장이였다. 그와 백원후들의 힘을 빌려 거대한 장벽을 세우려고 했다.

이미 기초 작업은 지하에서 끝내놓았기에, 정확히 30일 만 있으면 완공시킬 수 있다는 계산이 있었다.

'아넬로우와 그의 본대는 3일이면 한국에 도달한다.'

머리가 터져 버릴 것만 같았다.

하지만 결단을 내려야 한다.

그는 영웅. 지금 이곳에 남은 최후의 영웅이었으니까.

"알겠다. 너의 말을 고려해 보도록 하지."

모든 가능성을 고려한다.

대를 위한 소의 희생. 영웅이란 항상 '희생'하는 존재였으니.

달의 소녀, 엘리스.

태양의 소년, 그람.

둘은 완벽하지만 완벽하지 않다.

엘리스에겐 정신적인 결함이 있었고, 그람도 완전한 불사자가 아니었다.

"끄아아아아아아악!!"

그람이 비명을 내질렀다.

벌써 이틀째.

알버츠에 의해 6번이나 죽은 이후 재생하며 생긴 고통이었다.

"아파! 아프다고! 아아아악!"

세계수와 각종 약재들로 가득 찬 욕조. 야차들의 치료방식을 응용한 치료실이었다.

거대한 벽과 유리로 막혀 있는 그 공간을, 라이라가 안타까운 눈동자로 바라봤다.

"앞으로 사흘……."

"예. 사흘 후면 '일곱 번의 재생'이 다시 완성될 겁니다."

그 안을 라이라 디아블로와 리치 구르망디가 안타까운 눈으로 바라보고 있었다.

그람은 하루에 최대 일곱 번 재생할 수 있다.

하지만 재생 횟수는 하루에 하나씩 회복된다.

그리고 그 회복되는 기간 동안 상상을 초월하는 고통을 동반했다.

"내가 해줄 수 있는 건……."

"없습니다. 매번 그래왔지만 말입니다."

구르망디가 매정하게 끊었다.

라이라가 작게 한숨을 내쉬었다.

그람은 요르문간드의 자식이었다.

자신이 낳은 자식이 아니라고 해도, 그 씨앗은 그분의 것이다. 당연히 애착이 가지 않을 리 없었다.

"김민식 총사령관이 말하더군. '크투가'를 활용하려면 저 아이를 먹어야 할 필요가 있다고."

"나쁜 소식은 아니군요. 어찌 되었건 그람은 일곱 번 재생하니까요. 재생할 때마다 모든 걸 회복한 상태로."

맞다. 그람은 전신이 가루가 나도 재생한다.

그건 마치 재생이라기보다 '시간을 되돌리는' 장면과도 같았다.

기적. 마법으로는 설명할 수 없는, 그람만이 가진 특별한 권능.

"라이라 님. 아넬로우는 강합니다. 크투가의 도움 없이는 막지 못할 겁니다."

"안다. 그리고 이 이야기를 저 아이에게 하면…… 흔쾌히 고개를 끄덕이겠지. 그것을 알기에, 저 아이의 희생을 너무 당연하게 생각하게 될까 봐, 나는…… 두렵다."

그람은 그런 아이였다. 정확히 오한성과 요르문간드를 절반씩 빼닮았다. 저돌적이고, 긍정적이며, 매사에 실패를 두려워하지 않는다.

저런 고통조차 끝이 나면 웃으며 넘기는 게 그람이었다.

아마도 저와 같은 성격이 된 건 엘리스 때문이리라. 엘리스의 결함을 자신이 받쳐줘야 한다고 생각해서 더욱 열심히 연기하고 있는 것이리라.

"구르망디. 나는 부모가 될 자격이 없는 모양이다. 아니면 나도 어쩔 수 없는 마족인 것이겠지."

"라이라 님은 충분히 잘하고 계십니다. 선택의 여지가 없지 않습니까. 우리는…… 이겨야만 하니까요."

구르망디가 무겁게 내뱉었다.

그랬다. 이겨야 했다. 패배하는 순간 모든 게 '무(無)'가 되어 버린다.

모든 죽음이, 그의 희생이.

그렇게 놔둘 수는 없었다.

'차라리 내가 대신해서 죽을 수 있다면.'

그리할 수만 있다면 백 번이고, 천 번이고 그랬을 것이다.

하지만 그럴 수 없다는 걸 알기에 너무나도 무력했다. 한심했다. 이럴 때 '그'라면 어떤 선택을 내렸을까.

"내가 직접 말하겠다. 내가 직접……"

그게 최소한의 도리라고 보았다.

하늘에 헬기가 뜨고, 모든 조명이 김민식에게 집중되었다.

절체절명의 위기 상황이었으나 그는 웃었다.

"인류는 '불가능'을 뛰어넘었습니다. 고모라의 알버츠, 그 죽여도 죽지 않을 것만 같았던 데몬로드를 마침내 격퇴했기 때문에!"

마력이 담긴 우렁찬 목소리가 한국 전역을 울렸다. 생존자들은 선망과 기대를 하고 총사령관, 김민식을 바라봤다.

3년 전까지 그는 범죄자였다. 현상금이 걸리고 수많은 사람을 학살했다고 전해졌다.

하지만 3년 전, 그가 출소하며 그 모든 것이 '알레테이아 교단의 속임수'였다는 게 밝혀졌다. 억울한 옥살이. 그러나 인류를 위해 헌신하겠다는 소명을 밝히자, 순식간에 '영웅'으로 자리매김했다.

성공적인 이미지 메이킹이었다.

거기서 그치지 않고 그는 '문'을 열어 수많은 이종족을 회합의 장으로 끌어들였으며, 세계정부를 세우고 그곳의 '총사령관'이 되었다.

작금에 이르러선 최후의 영웅.

이 난세를 해결해 줄 마지막 영웅이라 불리고 있었으니.

'아이러니.'

본래 이 자리엔 오한성이 있어야 했다.

과거, 녀석은 이 자리에서 아주 오랜 시간 세계를 수호했었다.

자신은 어떤가. 그 기나긴 가시밭길을 걸을 준비가 되어 있나?

'안 되도 되게 해야 해.'

심호흡을 한다.

현재 상황은 최악이었다. 하지만 그는 결코 최악을 말해선 안 된다.

오로지 희망만을. 그들에게 빛만을 보여줘야 하는 자리에서 있었다.

'이런 무게였더냐.'

녀석도 이렇게 무거웠을까.

양쪽 어깨가, 전신이, 압사해 버릴 것만 같은 무게감이.

"우리는 승리했습니다!"

"김민식 총사령관 만세!"

"만세!!!"

군중심리란 참으로 무서운 것이다.

나쁘게 작용할 때에도, 좋게 작용할 때에도, 밀물과 썰물처럼 한 번에 빠지고 나갈 수 있는 원동력이 되는 게 바로 저 군중심리라는 것이었다.

김민식은 입가에 미소를 잃지 않았다.

"결코 이길 수 없으리라 여긴 10명의 악마. 그중 하나를 우리가 힘을 합쳐 이겨낸 겁니다! 나머지 아홉의 악마들 역시 우리의 손으로 정의의 철퇴를 내릴 수 있습니다."

"옳소!"

"악마들은 우리의 상대가 안 돼!"

자. 본론은 지금부터다.

"그리고 지금, 멀지 않은 곳에서 '흡혈왕 아넬로우'가 그의 본대와 함께 이곳을 침공하려 하고 있습니다. 하지만 걱정하지 마십시오. 제가 살아 있는 이상, 또한 우리가 힘을 합치면 감히 악마왕이라 한들 우리를 어찌할 수 없을 겁니다!"

콰아아아아앙!

날아오는 불덩이를 김민식이 검을 뻗어 잘라냈다.

김민식이 고개를 들었다.

본대가 아닌 분대. 아마도 본대가 도착하기 직전에 자리를 정리하려는 용도의 부대인 것 같았다.

"우리는 승리합니다."

김민식이 허공을 날았다.

그리고 가장 앞에서 날아오던 마족의 목을 베었다.

"김민식 총사령관을 따르라!"

"아넬로우를 죽이자!"

"으아아아아아-!"

아넬로우는 혀를 찼다.

'알버츠는 뭘 하고 있었던 거지?'

인간이 생각보다 많았다.

그들의 결집력이, 그들의 힘이 생각했던 것을 훨씬 추월하고 있었다.

알버츠가 제대로 했다면 지금쯤 이곳의 인간은 모두 몰살되었어야 했다. 하지만 알버츠의 그 느긋한 심성이 그를 죽음으로 몰아넣은 게 분명했다.

그러나 그뿐이다. 예상외.

'하루면 충분하겠군.'

아넬로우는 자신의 본대를 총동원했다. 그 숫자가 무려 2천만에 달한다. 무력과 양적인 측면에서 압도적인 차이. 지려야 질 수가 없다.

쉬이잉.

그때였다.

아넬로우의 눈앞에, 균열이 생기며 문이 나타났다.

문을 열고 나타난 인형은 하나.

"현안의 용. 설마 이곳까지 침범할 수 있으리라곤 생각도 못 했군."

아넬로우가 피식 웃었다.

현안의 용, 이그닐. 이 용에 대해서도 제법 빠삭하게 알고 있었다.

하지만 그동안은 활동을 거의 안 했다고 했는데.

"항복 선언이라도 하러 온 거냐?"

현안의 용은 답하지 않았다.

완벽한 황금안. 황금의 머릿결. 전해져오는 마력은 질적으로 꽤 우수했다.

이런 용은 본 적이 없다. 그래서 탐이 났다.

그대로 박제를 시켜야겠다고 생각한 순간.

퍼석!

눈 깜빡할 사이에 아넬로우의 귀가 잘려 나갔다.

"……마법의 공간전이?"

아넬로우는 약간 당황하고 말았다.

단순한 공간전이가 아니다. 마법의 살상력을 그대로 담은 채로 공간을 전이시켰다. 굉장히 고난이도의 수법. 마법에 특출한 로드라고 할지라도 사용하려면 시간이 꽤 걸릴 터였다.

그런데 순식간이었다. 아무런 낌새도 느끼지 못했다.

퍼서서석!

쿵!

아넬로우를 받치던 바닥이 뚫렸다.

그대로 그의 위에 균열이 생기며 공간 자체가 찌부러지기 시작했다.

아넬로우는 순수한 의미로 감탄했다.

설마 이 정도로 공간 마법을 사용할 줄이야.

"인간들을 몰살시키기 전에…… 몸풀기로는 적당하겠구나."

그래 봤자 용이다. 현안의 용이라고 칭송받으나 이제 겨우 성체가 될까 말까 한 용.

그런 용 하나를 자신이 이기지 못할 리가 없지 않은가.

오히려 자살하러 왔다고 봐도 좋은 정도다.

아넬로우가 웃었다.

동시에 이그닐의 황금안이 더욱 찬란하게 빛났다.

-암흑상회! 상회! 아아아악!

-별, 위대한 별!

-살려줘! 살려줘!

-오딘…… 토르…… 로키…… 천마…… 현장…… 오한성……!

-아아아아아아아아아아아아아아!

인도의 작은 마을.

특정 시간만 되면 되살아나는 망자, 암흑인들.

같은 말만 반복하던 그들에게 변화가 생겼다.

"……지금 내가 제대로 들은 거 맞지?"

"우리 모두 들었다, 구화린."

오룡이 침을 꿀꺽 삼켰다.

잘못 들은 게 아니다.

수많은 신의 이름이 언급되며, 그중 익숙한 이름이 나왔다.

동시에 암흑인들은 평소보다 더욱 괴로워했다. 괴로워하며, 하나로 합쳐지기 시작했다.

여태껏 처음 보는 현상.

"대체 무슨 일이 벌어지고 있는 거야?"

한 가지 확실한 건. 변화가 생겼다는 것이다.

그리고 그 변화가 자신의 상상을 훨씬 초월할 가능성이 크다는 것이고.

구화린이 눈살을 찌푸렸다.

그람은 '태양'을 올려다보았다.

아침. 자신이 가장 강할 시간.

-이 고통이 억울하진 않더냐? 왜 자신만 고통스러워야 하는가에 대한 의문이 있었을진대. 억울하고 원망스럽지 않더냐?

'재생'의 횟수가 회복될 때마다 들리는 환청이다. 달의 아이라 불리는 엘리스도 자신과 비슷한 소리를 듣고 있었다.

다만, 그람은 엘리스와 달리 여태껏 그 목소리를 무시하고 있었다. 자신이 약해져서 듣는 환청이라고만 치부했다.

-너는 '인간'이 아니다. 그런데도 태어나자마자 인간을 지켜야 하는 운명을 부여받았다. 정작 그들은 너를 '인간'으로 여기지 않는데 말이야.

그람도 안다. 그람은 특별했다. 태어날 때부터 힘이 셌고, 다쳐도 순식간에 회복이 되고는 하였다. 심지어 육체가 조각나도 어떻게든 복원하는 능력을 지녔다.

그것을 바라보던 사람들의 눈빛…… 흥미와 혐오와 각종 재미를 포함한, 같은 인간으로 그람을 대하지 않는 그 눈빛들을 어찌 그람이라고 모르겠나.

-인간은 간사하다. 다른 것을 배척하려고 하지. 네가 그들을 구원한대도 결국 버림받을 것이다. 봐라, 이번에도 너의 '희생'이 전제되고 있으니.

그람은 고개를 저었다.

필요한 일이었다. 어머니가 직접 자신에게 부탁해야 할 만큼. 그녀의 괴로움을 그람도 잘 알았다. 말하는 내내 그녀는 뼈가 으스러지도록 주먹을 꽉 쥐고 있었으니까.

'나의 아버지.'

그람은 고개를 들었다.

저곳. 태양 대신 서 있는 거신. 그 거신을 언제부터인가 그람은 아버지라고 생각했다. 그래서 언제나 아버지가 자신을 바라보고, 지켜주고 있노라고 여겼다.

엘리스와 달리 그람의 정신이 망가지지 않을 수 있었던 이유.

"너의 '불'은 확실히 녀석의 것과 닮았구나."

"녀석? 그게 누구예요?"

크투가. 그는 용암보다 뜨거운 화염덩어리 같았다. 가까이 있는 것만으로도 피부가 타버릴 듯싶었다.

본래는 아버지와 계약했다고 들었다. 하지만 지금은 자신과 엘리스에게 그 계약이 이어졌다고 했다. 그리고 지금, 크투가는 그람을 먹을 준비를 하는 중이었다.

"오한성. 생물학적인 너의 아버지 말이다."

"아버지를 잘 알아요?"

"세상에서 가장 멍청한 불을 가진 녀석이었다. 기름이라도 부은 것처럼 항상 타올라서 언제 꺼질지 몰랐지. 그래도 나는 영원히 타오르리라 여겼다만……."

크투가는 고개를 저었다.

"'태초의 불'이라 불리던 내가 처음으로 인정한 녀석이다. 너는 자부심을 가져도 좋다. 녀석의 것과 비슷한, 아주 멍청한 불꽃을 지니고 있으니."

칭찬…… 맞는 건가?

그람이 모호한 표정을 지었다.

순간.

콰앙!

저 멀리서, 굉음과 함께 거대한 황금색의 용이 지상에 떨어져 내렸다.

"이그닐 누나!"

그람의 눈동자가 확대됐다. 제법 거리가 멀지만, 저런 빛을 뿜어내는 용은 이그닐뿐이었다. 하지만 그녀는 전투 담당이 아닐 텐데, 왜 적의 함선에서 떨어지는지 알 수가 없었다.

"크아아아아아! 빌어먹을 년! 네년의 피 한 방울까지 모조리 빨아 먹어주마!"

그리고 함선에서 떨어지는 또 하나의 괴물이 있었다.

거대한 송곳니를 지닌 흡혈왕 아넬로우!

그의 몸엔 채 아물지 못한 상처가 전신에 가득했다. 내장이 통째로 튀어나오고 얼굴은 반이 사라져 뇌수가 다 보일 지경이었다.

쿠우우우웅!

거대한 운석이 아넬로우의 머리 위에 떨어졌다. 별을 움직이는 엘리스의 능력이다.

투쾅!

운석이 정확히 반으로 쪼개졌다.

아넬로우의 가장 강한 권속 중 하나인 기사가 검을 휘둘러

거대한 파동의 힘으로 운석을 잘라낸 것이다.

"흠, 엄청난 권속이로군. 저 정도면 어지간한 데몬로드에 필적하는 힘을 지녔겠어."

한가롭게 크투가 품평의 한마디를 내놓았다.

검은 기사. 그리고 그 기사를 따라 수많은 권속이 함대에서 모습을 드러냈다. 마치 비가 내리듯이.

크라아앙!

이타콰가 출격하고.

"우리의 땅을 지키자!"

"우리에겐 총사령관이 계신다!"

사람들이 벌 떼처럼 몰려와 농성을 시작했다.

그사이 아넬로우의 몸이 거의 재생이 되었다. 용의 상태로 변해 바닥에 처박힌 이그닐의 몸뚱이 위에 아넬로우가 내려앉았다.

이그닐은 지칠 대로 지쳐 있었다. 아넬로우에게 타격을 줄 수는 있었지만 이대로 있으면 그녀는 죽는다.

또한 전황이 좋지 않았다. 아무리 힘을 합쳐도 적이 너무 많다.

"크투가. 나를 먹어요."

"너의 그 '재생' 능력이란 것도 내가 먹으면 사라질 수 있다. 내 불이 너의 불보다 강하니."

강한 불은 약한 불을 삼킨다.

크투가는 그렇게 말하고 있었다.

하지만 그람은 고개를 저었다.

"제가 가진 불은 '멍청한 불'이라면서요? 아버지의 것과 같다면 절대로 꺼지지 않겠죠"

"그런 말도 안 되는 궤변을 늘어놓는 것도 녀석과 똑같군."

크투가가 피식 웃었다.

그리고······.

화아아아악!

크투가의 전신에서 거대한 불길이 솟아올랐다.

그 불길이 순식간에 그람의 전신을 덮었다.

꿈틀!

그람의 전신이 타오른다. 살갗이 벗겨지고, 뼈마저 녹으며, 그 안에 들어 있던 '정수'에 크투가가 손을 뻗쳤다.

두근!

동시에.

크투가는 자신의 심장이 뛰는 걸 느꼈다.

'뭐지?'

크투가는 당황했다.

크투가의 생각보다 더한 '근원'을 그람이 갖고 있었기 때문이다.

오한성의 것만이 아니다. 요르문간드······ 설마 이런 것을 남기고 갔을 줄이야.

'힘이 넘치는군.'

심연에 있을 때보다 더 힘이 넘치는 것 같았다.

크투가는 흡족하게 미소 지었다.

이 정도 힘이면 데몬로드 하나쯤은 문제가 아니다.

"너의 소망을 들어주마."

크투가가 발을 박찼다.

아넬로우가 손톱을 들어 이그닐의 날개를 찢어발기려는 그 찰나…….

쿠우우우우우우우우우우우우우웅!

아넬로우의 몸이 그대로 허공에 뜨더니, 크투가의 힘에 눌려 끝도 없이 날아가기 시작했다.

쾅! 쾅! 콰르릉!

어느 지점에 도달한 순간, 크투가가 주먹을 쥐고 그대로 아넬로우의 몸뚱이를 때렸다.

음속을 아득히 초월한 속도로 내려치자 아넬로우의 몸이 수백 미터 지하 아래로 처박혔다.

화르르르릌!

크투가는 그 거대한 구멍에 자신의 불을 가득 채웠다.

뜨거운 불길은 땅을 녹일 수준이었다. 닿는 모든 것을 녹이는 그 불꽃은 이내 아넬로우에게도 닿았다.

"끄아아아악!"

아넬로우가 비명을 질렀다. 전신이 타들어 가고 재생이 멈췄다.

"넌…… 넌…… 누구냐……!"

미라처럼 쭈글쭈글해진 아넬로우가 겨우 날개를 펼쳐 지상 위로 올라왔다. 아넬로우의 모습은 눈으로 봐주기 처참한 정도였다.

'피…… 피가 필요하다.'

아넬로우는 다급함을 느꼈다. 누군지 모르겠지만, 눈앞의 상대가 가진 '격'은 상상을 초월했다. 이만한 격이라니, 제로 님과도 겨룰 수 있을 것 같지 않은가.

피가 필요했다. 피가 있어야 재생할 수 있다. 더 강한 힘을 가질 수 있다. 한데 현안의 용 이그닐의 피를 마시려고 한 순간 눈앞의 상대가 달려든 것이다.

퉁! 퉁! 퉁! 투우웅!

크투가는 답하지 않았다.

인지한 순간 이미 그 자리에 없었다. 단지, 공기를 치는 소리만이 뒤늦게 들릴 뿐이었다.

"끄아아아악……."

이미 내장이란 내장은 모조리 가루가 났다. 뼈는 본래 쓰임새를 잃고 조각난 채 내부를 돌아다닐 뿐이다.

생명체라 할 수 없는 기이한 각도. 흡혈왕이라 불리는 자신이 아니었다면 벌써 수백 번은 죽었을 상처다.

"생각보다 생명력이 질기군."

크투가는 작게 한마디를 내뱉었다.

"사, 사려, 사려주……."

너무 강했다. 이런 놈을 이길 수 있을 리 없었다. 제로와 필적하는 존재를 어찌 자신이 감당할 수 있겠는가.

반응할 시간조차 없다. 마법을 사용하기도 전에 주먹이 날아왔다. 한 방, 한 방이 권능에 필적하는 힘을 지녔다.

아넬로우가 바닥을 기었다. 어떻게든 살아남아야 했다. 이런 정체 모를 놈에게 죽는다면 죽어서도 억울할 것이다.

크투가가 주먹을 흔들었다.

생각보다 생명력이 질기지만 그것도 이제 끝이다.

마무리 단계에 접어들었다.

그런데…….

"음?"

크투가가 고개를 갸웃했다.

힘이 줄어들고 있다.

그람을 먹고 미칠 것 같이 넘치던 그 힘이 빠른 속도로 없어지고 있었다.

머지않아 크투가는 왜 이런 현상이 일어나는지 깨달았다.

'재생이 아니라 시간 역행이었군.'

이런 말도 안 되는 능력을 보았나.

시간 역행이라니. 신들도 가지지 못한 권한이다. 요르문간 드는 시간의 능력과 거리가 멀다. 그렇다는 건…… 오한성 쪽이 '시간'과 관련된 권능을 가지고 있었던 걸까?

하여간 시간을 역행시키니 자신이 먹은 것도 '없던' 일이 되는 셈이었다. 그래도 설마 이렇게 빠를 거란 생각은 하지 못했는데.

촤아악!

크투가의 왼쪽 팔이 잘렸다.

고개를 돌리자 처음 운석을 잘랐던 검은색의 기사가 그곳에 있었다.

"지켜드리겠습니다."

"……놈의 권속이로군."

아넬로우가 지닌 최강의 권속.

힘이 빠르게 사라지고 있었다. 아넬로우를 죽여야 하건만, 방해꾼이 들어온 것이다.

크투가가 낭패에 찬 표정을 지었다.

꿈틀! 꿈틀!

바닥에 얼굴을 처박은 강찬이 몸을 꿈틀대며 자리에서 일어났다.

강찬. 칠 대 죄악 중 하나인 '나태'와 함께 봉인되어 있었던 남자.

"아, 이번에는 진짜 죽을 뻔했네. 일기에는 이런 내용이 없었는데. 대체 이번 미션을 어떻게 해결하란 말이야?"

시체 더미 사이에서 얼굴을 쭉 빼든 강찬이 한숨을 내쉬었다.

본래, 그는 이 지구의 사람이 아니다. 타 차원에서 '나태'를 찾았고, 그 순간 봉인되어 여기까지 딸려온 것이다.

하지만 도무지 이 상황을 타파할 가능성이 보이지 않았다.

강자가 즐비하고 자신보다 강한 존재도 많지만, 적은 더 많고 강했다.

"뭘 지을 시간도 없고. 분명히 '계약'은 되어 있는데. 아무래도 저 '위대한 별'인지 뭔지가 키 포인트 같단 말이지……."

그리고 누구에게도 알려주지 않은 사실.

바로 오한성이 칠 대 죄악, 그중 '나태'와 계약하며 강찬과도 그 계약이 이어지고 있다는 사실이었다.

"그는 살아 있어. 하지만 곧 죽을 거야. 그를 깨워야 해. 방법이 없을까? 무슨 방법이."

강찬은 턱을 쓸었다.

'나태'의 주인은 살아 있었다. 자신 역시 함께 묶여서 계약됐으니 알 수 있다. 다만, 그 생명력이 거의 다하고 있다는 게 문제다.

위대한 별의 안에서 무언가 일이 생긴 게 분명했다.

"크하하하하! 힘이 넘친다! 넘쳐흐른다!"

그때였다. 사라진 줄 알았던 아넬로우가 나타났다.

입가에 피를 잔뜩 묻힌 채로. 아무래도 누군가 강력한 존재의 피를 먹은 모양이다.

그는 등장한 즉시 무작정 '섬광포'를 지상에 떨어뜨렸다. 그의 날개에서 거대한 레이저가 마구잡이로 지상을 강타한 것이다.

"미친놈! 자기 아군도 다 죽일 셈이냐?"

강찬은 시체 더미에서 급히 일어났다. 저 섬광포에 맞은 생명체는 가루 하나 남기지 못하고 그대로 증발해 버렸다.

퍼어어어엉!

하늘 높이 뛰어오른 여인이 검을 휘둘러 아넬로우의 날개 한쪽을 잘라냈다.

라이라. 라이라 디아블로였다.

"이 세계는 제정신이 아니야. 저런 괴물들이 뭐 저렇게 많아?"

강찬이 입을 헤 벌렸다.

적이나 아군이나 강찬의 눈에는 괴물로 보였다.

하지만 아넬로우는 진짜 미친놈이었다. 순식간에 재생하더니 그 라이라 디아블로마저 압도하기 시작한 것이다.

'창?'

이내 라이라의 가슴팍이 길게 베였을 때, 강찬은 보았다. 그녀가 가진 빛나는 창을 말이다.

다시 고개를 돌려 위대한 별을 바라봤다.

위대한 별. 정말 대단한 구조물이다. 저런 걸 만든 놈도 제정신은 아닐 거다. 하지만 저 구조물도 완전하진 않다.

틈, 틈이 있다. 강찬. 그만이 알 수 있고, 오한성과 연결된 그만이 느낄 수 있는 틈이.

'저 창이 필요해.'

본능적으로 깨달았다.

강찬이 달렸다.

그리고 떨어지는 라이라 디아블로를 양손으로 받았다.

"넌……?"

라이라가 죽어가는 목소리로 강찬을 올려다봤다.

상처가 너무 많았다. 이대로 있으면 머지않아 죽을 거다.

그럼에도 강찬은 매몰차게 말했다.

"지금은 죽지 말아요. 지금 죽으면 그를 살릴 수 없으니까."

"그……?"

"오한성. 지금이 아니면 늦어요. 저 위대한 별인지 뭔지가 분열하고 있는 지금이 아니면. 그러니까 조금만 더 숨 좀 쉬고 있어 봐요."

"......!"

그람이 눈을 떴다.

가장 먼저 자신의 두 손을 내려다보고, 멀쩡한 신체의 모습을 확인했다.

'재생됐다.'

크투가가 자신의 불멸성을 집어삼키는 데 실패한 모양이었다. 다시 시선을 돌리자 멸망해 가는 지상의 모습이 두 눈에 들어왔다.

"엘리스!"

총사령관 김민식과 수많은 아종이 한데 어우러져 마족들을 막아내고 있으나 그 어디에도 엘리스는 보이지 않았다.

엘리스는 자신의 동생이다. 비록 그 차이가 얼마 나지 않는대도 자신은 엘리스를 지켜야 할 의무가 있었다.

이타콰도, 이그닐도 상처투성이가 되어 사투를 벌이는 중이었다.

처절, 처참.

그 어떤 말로 표현해도 이상하지 않은 수준의 광경.

시체가 산을 이루고 피가 강이 되어 흘렀다. 죽은 사람이 몇

명인지 세기도 쉽지 않다. 그 와중에 그람은 오로지 엘리스만을 찾았다.

"엘리스!!"

전장의 한복판에 뛰어들었다.

붉게 가열된 머리카락이 사방으로 뻗으며 마족들의 전신을 토막 냈다.

어머니인 라이라 역시 보이지 않는다. 엘리스를 지켜줄 누구도 이곳엔 없었다.

최악의 경우를 떠올렸다.

'안 돼.'

엘리스는 약하다. 잠시라도 한눈을 팔면 어디로 사라질지 모르는 게 동생 엘리스였다.

"엘리스를 지켜주려무나."

라이라는 말했다. 엘리스를 지키라고. 너희 둘이 함께 있어야만 이 세상을 빛으로 인도할 수 있노라고.

아버지를 닮고 싶다면 그래야 한다고.

아버지에 대해서 많은 이야기를 들었다.

라이라는.

"포기하지 않는 사람."

이라고 표현했고 김민식은.

"혼자 고독히 세상이란 세상은 모두 짊어지고 있는 남자."

라고 표현했으며, 유서희는.

"절망 앞에 나타난 흑기사."

란 표현을 사용했다.

일전에 만난 시리아라는 여인 역시 아버지에 대해 알고 있었다.

"한없이 두렵고, 한없이 가여운 영혼."

이란 말을 서슴없이 썼는데 보는 사람마다 시야는 조금씩 다를지 몰라도 그럼, 그의 아버지가 '거대한 산'처럼 작용했단 말이라는 건 알 것 같았다.

특히 간혹 라이라가 해주는 아버지의 일화는 마치 소설 속에 등장하는 전설적인 초인과도 같아서, 듣고 있노라면 심장이 빠르게 뛰는 걸 느낄 수 있었다.

그처럼 되고 싶었다.

포기하고 싶지 않았다.

그는 자신의 것을 지킬 줄 알았다. 자신이 지켜야 할 존재들을 소중하게 대했다. 이야기를 들어보면 알 수 있다.

누군가는 냉혈한, 누군가는 공포의 존재로 묘사해도 표현이 서툴 뿐이라는 것을 모두의 이야기를 들어보면 알 수 있었다.

그런 존재가 되고 싶었다.

그러기 위해선 엘리스를 지켜야 한다. 그것이 자신에게 주어진 처음이자 마지막의 숙제였으니까.

"엘리스!!!"

목을 놓아 부르짖었다.

시체. 시체. 시체.

주변엔 시체밖에 없었다.

시체를 들어 올리고, 주변을 샅샅이 뒤졌다. 뇌수가 몸을 뒤덮어도 아랑곳하지 않았다.

'벌을 받는 걸까?'

크투가에게 모든 것을 맡기려 했기에 받는 벌인 것인가.

그람은 이를 악물었다. 입술에서 피가 배어 나왔다.

"흐하하하하! 힘이 넘친다! 사용해도, 사용해도 넘치기만 하는구나!"

아넬로우가 광폭했다. 자신의 허용량을 넘어서는 힘을 받아들이고 폭주하고 있었다. 하지만 그 누구도 폭주하는 아넬로우를 막지 못했다.

"부상자를 뒤로 물리고, 베리어를 펼쳐라! 버텨야 한다!"

김민식의 목에 핏줄이 올랐다. 그는 전신에 얼음을 두른 채 마족들의 공격을 막아내고, 손에 전기를 두른 채 채찍처럼 휘둘러 마족들을 격살했다.

동시에 다섯 가지가 넘는 스킬을 사용하고 있다. 오로지 김민식만이 보일 수 있는 곡예. 경지에 이른 자만의 특권이었다.

하지만, 그럼에도 부족하다. 적이 너무 많았다.

그나마 선전하여 마족들을 500만가량 줄일 수 있었지만 연합군도 200만 이상 죽었다.

아직도 거의 배에 달하는 격차가 남아 있었다.

하물며 아넬로우는 지치지도 않는다.

"기사단은 모두 '강화 물약'을 투여하라!!"

김민식이 가슴팍에서 주사기 한 정을 꺼냈다.

꺼낸 즉시 마개를 따고 그대로 목에 꽂아 넣었다.

기사단이라 불린, 5천여 명의 각성자가 그와 같은 행동을 반복했다.

그러자.

"끄으으으으으!"

근육이 폭발적으로 팽창한다. 마력이 새어 나와 전신을 감싼다. 피부가 괴사하고, 재생되며 철에 가까운 경도를 가지게 되었다.

강화 물약.

한 번 사용할 때마다 수명이 10년 이상 줄어드는 물건이지만 그만큼 효과는 좋았다.

최후의 수단으로, 한계는 있지만 각성자를 최소 10%에서 최대 50%까지 강화시켜 주는 물건이었다.

김민식을 포함한 오천의 기사가 강화 물약을 투여하고 강화되었다.

2차전의 시작인 셈이다.

"엘리스! 엘리스! 엘리스-!!"

"엘리스를 지켜주려무나."

그람은 아랑곳하지 않았다.

그람에겐 저곳보다 엘리스가 더 중요했다.

태어나서부터 그람과 엘리스는 실험의 대상이었다. 둘의 뛰어난 힘으로 인해 인류는 많은 발전을 이뤘다.

둘의 피를 배양하여 만든 마도구는 훨씬 성능이 좋았고, 둘의 인자로 배양되어 만들어진 '강화 물약' 같은 것들이 폭발적인 수요를 얻었다.

그곳에서 둘은 유일하게 의지할 수 있는 남매였다. 어머니도 계셨지만, 어머니는 항상 바쁘셨다. '위대한 별'과 관련된 것이라면 한달음에 날아가 조사를 계속하셨던 탓이다.

물론 어머니는 둘에게 헌신적이었다. 이에 관해선 그람도, 엘리스도 불만이 없었다. 정신의 깊은 뿌리를 유지하는 데 라이라가 큰 도움을 줬으므로.

'제발, 제발.'

그러나 엘리스와 그람은 일심동체였다. 그람이 있기에 엘리스가 있었고, 엘리스가 있기에 그람이 있었다.

아니었다면 진즉에 자아를 상실해 버렸을 것이다.

아무리 조심스럽게 취급한다고 하더라도 실험용 쥐가 된 것만은 분명했으니까. 피를 뽑히고, 그람의 경우엔 몇 번이나 죽었다.

원망을 한 적이 없다면 거짓이었으리라.

"오…… 빠?"

아! 그람의 귓가에 분명히 들려왔다.

엘리스의 목소리를 착각할 리는 없었다.

그람은 달렸다.

그리고 시체 더미 속에서 엘리스를 발견했다.

"엘리스, 괜찮아?"

"몰라…… 아파……."

그람이 시체 더미 속에서 엘리스를 끄집어내리려고 했다. 하지만 이내 그러면 안 된다는 걸 깨달았다.

'못.'

엘리스의 배에 커다란 못이 박혀 있었다. 억지로 빼냈다간 출혈이 커져서 죽을 거다. 그람의 전매특허인 '위치 바꾸기'를 사용해도 엘리스의 벌어진 상처를 막진 못한다.

오히려 구멍이 뻥 뚫려 그대로 즉사하겠지.

"오빠…… 거기 있어?"

엘리스가 손을 더듬어 그람의 얼굴을 매만졌다.

그람은 이를 악물었다.

젠장, 젠장, 젠장!

"기다려. 오빠가 구해줄게. 널 죽게 놔두지 않을 거야."

"응……."

엘리스는 착한 아이였다. 그람이 하는 말이라면 그게 무엇이든지 고개를 끄덕였다.

하지만 그람은 자기 스스로를 치유할 뿐 다른 이를 치료하진 못한다.

주변을 둘러봤다.

"치료 마법! 치료 마법을 사용할 줄 아는 사람 있습니까!"

전쟁통이었다. 죽고, 죽이며, 그람의 목소리는 가볍게 묻혔다.

게다가 치료 계통의 스킬을 가지고 있는 사람은 전선에 나서지 않는다. 후방에서 부상자를 치료하느라 여념이 없을 테니까.

"이그닐 누나! 제발, 제발 문 좀 열어주세요! 엘리스가 많이 다쳤어요!"

대답이 없다. 있을 리가 없었다.

이그닐. 그 황금의 용은 아넬로우와 대적하며 죽었는지 살았는지 알 수 없을 정도의 타격을 받았기 때문이다.

어떡하지. 어떻게 해야⋯⋯.

"네가 그 유명한 '태양의 아이'로구나. 흐흐흐, 너를 죽이면 두 단계는 더 진급할 수 있겠지."

거대한 도끼를 든 우락부락한 마족이 나타났다.

입맛을 다시며 그람과 엘리스를 번갈아 쳐다봤다. 탐욕이 넘쳐흘렀다.

"나는 아넬로우 님의 휘하 '돌격대'의 대장, 프로노아라고 한다. 네놈의 목을 베어줄 자이니 똑똑히 기억해 두려무나. 흐흐흐흐."

느껴지는 마력은 최상. 마족 중에서도 강한 축에 드는 게 분명한 자.

그냥 상대하면 시간이 오래 걸린다.

차라라락!

가열된 수많은 머리카락이 마족을 향해 달려들었다.

그 상태에서 그람은 자신의 몸을 내던졌다.

"죽고 싶어서 환장…… 으응?!"

마족은 그람의 선택을 비웃으며 도끼를 휘둘렀다. 이에 그람의 목이 한 차례 잘려 나갔지만, 마족의 몸뚱이를 그람은 분명히 붙잡고 있었다.

"이, 이 새끼! 놔라! 놓지 못해! *끄아아악!*"

그대로 머리카락이 전신을 휘감자 마족의 신체가 퍼석 하며 그대로 고기 조각으로 분해되고 말았다.

머지않아 그람의 머리는 다시 몸과 붙었다.

"태양의 아이다! 아넬로우 님의 총애를 받을 수 있는 기회!"

"달의 아이도 있다! 저건 내 거야!"

그와 동시에, 신호탄이라도 된 듯 마족들이 우르르 몰려왔다. 이미 주변의 사람들은 모두 전선을 뒤로 물린 후였다.

많다. 많아도 너무 많다.

그람은 고개를 돌려 뒤를 바라봤다.

전선을 뒤로 물린 사람들은 앞에 있는 사람들을 매정하게 버렸다.

이해는 한다. 다 죽을 순 없으니까. 그래도…… 여기에 엘리스가 있는데…….

그람이 주먹을 으스러지게 쥐었다.

"너희는 여길 한 발자국도 못 지나가."

휘이이이이익!

머리카락이 늘어났다. 수십 미터의 길이로 늘어난 머리카락 수백만 가닥이 주변의 모든 마족을 무처럼 썰어버리기 시작했다.

피가 튀고, 살 파편이 마구 나뒹굴었다.

순식간에 오백이 넘는 마족이 죽었다. 오백이 천으로 늘어나는 데에는 수십 초도 걸리지 않았다.

"생각보다 강하군."

"지쳐 있는 게 아니었던가?"

"저것도 얼마 가지 못할 거다! 죽이고 빼앗아라! 아넬로우님의 총애를 받을 기회다!"

하지만 마족들은 구름처럼 몰려들어 왔다.

그람은 막았다.

막고, 막고, 또 막았다.

죽고, 죽고, 또 죽었다.

몇 번이나 죽었는지 모르겠다. 몇 번이나 더 재생할 수 있을지도 모르겠다.

머릿속이 하얘졌다. 하지만 한 가지 확실한 건 지켜야 한다는 것.

엘리스만은. 나의 동생만은.

"제법 하는군."

그때, 검은 기사가 나타났다.

아넬로우의 권속. 그중에서도 최강이라 일컬어지는 자.

그에게 이름은 없다. 그저 '검은 기사'라고만 불릴 뿐.

"헉, 헉, 헉……"

그람은 거친 숨을 내쉬었다.

본능적으로 알았다.

강하다. 이길 수 없다. 일곱 번의 생명이 모두 남았다면 몰라도 지금 상태에선 백이면 백 질 것이다.

그래도…… 해야 한다.

해야만…….

"너의 용기에 감탄했다. 그러니 마지막은 내가 보내주마. 전사에게 보내는 나의 작은 명예로써."

검은 기사가 대검을 들었다.

순간, 거대한 풍압과 함께 그람의 전신을 향해 검이 날아들었다.

막아봤지만 힘을 다한 머리카락으론 저 검을 당해낼 수 없었다.

'미안해, 엘리스. 미안…….'

여기까지인가?

그람은 눈을 질끈 감았다.

퍼석!

무언가가 날아가는 소리.

짧고, 굵었다.

하지만 자신의 목은 멀쩡했다.

그람이 눈을 뜨자 검은 기사의 머리 부분이 휑하니 비어 있었다.

천천히 검은 기사의 육체가 쓰러졌다.

그 앞에.

한 남자가 서 있었다.

남자의 등밖에 보이진 않았지만.

남자는 전신에 불을 잇고 있었다.

남자는 마치 태양과도 같은 존재감을 뿜어내고 있었다.

남자는 세상의 모든 짐을 짊어진 것만 같은, 그런 등을 하고 있었다.

결코 포기하지 않으며, 두렵고, 가련하지만, 그럼에도 자신의 절망 앞에 나타난 흑기사.

그람은 그 남자를 보고, 믿기지 않는다는 듯 천천히 입을 열었다.

"아…… 버지?"

61장
루의 창

　아버지.

　언제고 부르고 싶었던 단어. 하지만 입에 담을 기회조차 주어지지 않았던 그 말.

　그람은 말을 꺼내고도 스스로가 믿기지 않았다.

　본능처럼 튀어나왔다. 뇌를 거치지 않고 그냥, 목을 긁으며 거침없이.

　왜일까. 왜 저 남자를 아버지라고 부른 걸까.

　그저 뒷모습을 보았을 뿐이다. 누구도 아버지의 모습을 알려주려 하지 않았다. 그저 그의 이야기를 들었을 뿐. 그래서 그람은 항상 상상하곤 했던 것이다.

"오빠, 우리 아빠는 어떤 분일까?"

엘리스는 이야기했다. 엘리스는 마음이 여렸다. 그럴 때면 그람은 답하지 못했다. 그람이 바로 답을 내리지 못한 거의 유일했던 질문.

"……언제나 우리를 지켜봐 주고 계시는 분이겠지."

목이 막혔지만 답을 해야 했다.
엘리스를 위해서, 자신을 위해서.
우리들은 완성되지 않았으니까. 누구도 우리가 나아가야 할 길을 가르쳐 주지 않았으니까. 그저 그리고 상상하며 '그러 하리라'라고 되뇌어야만 했으니까.

"그럴까? 엘리스가 아플 때도 보고 계실까?"
"그러실 거다."
"엘리스가 울 때도?"
"그래. 그러니까 많이 울면 안 돼."
"응, 참아볼게. 착하게 지내면 엘리스를 보러 오시겠지?"

아버지는 죽었다. 모두가 죽었다고 했다. 하지만 엘리스에겐

이 사실을 알려주지 않았다. 그 아이는 마음이 너무 여렸다.

"그럼, 착하게 지내면 분명히."

오시지 않을 거라는 걸 알았다. 오실 수 없다는 걸 알고 있
었다. 죽은 사람이 돌아올 리 없잖아.
하지만 그람은 엘리스에게 거짓말을 했다.
그게 최선이라고 생각했다.
사실은…… 그람도 그랬으면 좋겠다고 생각했다.

"오빠, 그럼 엘리스는 꽃을 심을래. 아빠가 돌아오시면 보실 수 있게! 엘리
스처럼 예쁜 꽃을 심을 거야."

자신들이 태어나기 전의 세상은…… 꽃과 푸름으로 넘쳤다
고 하였다. 하지만 지금의 지구에는 그런 것들이 남아 있지 않
았다.
무수히 많은 핵이 터지고, 죽음의 역병들이 침공했으며, 로
드들이 그러한 '생명'을 모조리 짓밟은 탓이다.
그럼에도 엘리스는 꽃을 심었다. 꽃이 자라고, 그것을 목걸
이로 만들어서 항상 목에 차고 다녔다. 언제든 아빠에게 줄 수
있도록.

꽃을 심고 목걸이를 직접 만들 때의 엘리스는 웃고 있었다. 엘리스가 웃는 모습은 거의 본 적이 없다. 그 아이의 약한 신체는 하루에 20시간 이상의 잠을 요구했고, 때때로 발작하며 비명을 지르게 만들었기 때문이다.

그런 아이에게 진실을 말할 순 없었다.

돌아오지 않을 거라고. 마음속에…… 묻어두라고.

"……."

남자가 뒤를 돌아보았다.

두 눈이 마주쳤다.

동시에 긴장이 풀린 듯 발의 힘이 쭉 빠졌다.

쓰러지려는 찰나, 남자가 그람의 등에 손을 뻗었다.

"……."

남자는 말을 하지 않았다. 말을 못 하는 것 같기도 했다.

하지만 그 눈빛만은 한없이 자상했다. 인간들이 자신을 바라보는 눈빛이 아니라, 괴물들이 자신을 바라보는 그런 눈빛이 아니라, 그저 자상하고 아늑하기만 한 그런 눈빛이었다.

"동생을…… 엘리스를……."

그람이 손가락을 뻗었다. 자신보다 더 심각한 게 엘리스였다. 그 아이는 살아야 했다.

하지만 그람은 말을 잇지 못했다.

잔해에 깔린 엘리스는 미동조차 하지 않았다.

"……."

남자가 그람의 이마에 손바닥을 올렸다. 순간, 환한 빛이 튀어 올라 그람의 전신을 감쌌다. 넋이 나갈 정도로 아름다운 빛이었다.

몸의 모든 상처가 씻겨 나가고 새살이 돋았다. 심장의 마력이 어느 때보다 빠르게 요동치며 '불사'의 권능이 회복되기 시작했다.

모든 죽음의 횟수를 떨쳐 내고 다시 처음으로.

하루에 한 번 그람의 재생 횟수는 회복된다. 그럴 때마다 정신이 날아갈 정도로 괴로웠는데, 한 번에 채워졌음에도 전혀 아프지 않았다.

남자는 그람의 등에서 손을 떼고, 천천히 엘리스에게로 걸어갔다.

촤아아악!

그때, 남자의 등에 검 한 자루가 꽂혔다.

"아……!"

그람이 손을 써보기도 전에.

이 속도, 이 마력.

"하마터면 당할 뻔했군."

검은 기사가 다시 나타났다.

잘린 얼굴을 자신의 왼손에 들고서.

하지만 남자는 뒤도 돌아보지 않았다. 엘리스에게 다가가 천천히 엘리스를 보듬어 안았다. 그 과정에서 엘리스를 꿰뚫은 못이 살을 쓸고 지나갔지만, 엘리스는 미동도 하지 않았다.

펑!

남자의 신형이 잠깐 흔들렸다. 검은 기사가 흑마법을 사용한 것이다.

하지만 남자는 아랑곳하지 않고서 가만히 엘리스를 내려다보고 있었다.

이어 그의 손이 엘리스의 이마에 닿자 자신과 같이 밝은 빛이 흘러나왔다.

"네놈이 누구인지, 어디서 나타난 건지는 모르겠지만 두 번은 안 당한다."

"멈춰!"

그람이 머리카락을 뻗었다. 필사적으로 달려가 검은 기사를 막아섰다.

검은 기사가 남자에게 닿아선 안 된다. 본능적으로 위험을 알렸다. 남자를 방해하게 두어선 안 된다고.

콰직!

몸을 내던졌다.

검은 기사와 그람의 차이는 현격했다. 그람이 느끼기에 검은 기사는 로드와 필적하는 존재다. 최강의 기사이며 최강의 권속. 아넬로우가 가진 비장의 무기라 할 만하였으니.

그람이 할 수 있는 것이라곤 시간을 끄는 것뿐이었다.

악착같이 죽을 각오로 몸을 던져서.

내장이 비틀리고, 뼈가 꺾이고, 머리가 터져 나갔다. 그럼에도 그람은 검은 기사를 놓지 않았다.

"끈질긴……!"

검은 기사도 지금이 기회라는 걸 알고 있었다. 지금 남자를 죽이지 않으면 자신이 당할 것이란 사실을 말이다.

'제발 엘리스를 살려주세요.'

유일한 동생. 그람이 모든 고통을 견딜 수 있었던 건 동생 덕이었다. 동생을 지키기 위해서 그람은 강해질 수밖에 없었다.

하지만 지금의 자신은 너무나도 무력하다.

무력하지만 그래도 한다. 지렁이도 밟으면 꿈틀한다고 했다.

하물며 이 자리는…….

"바뀌는 것은 없다! 이 자리는 오로지 아넬로우 님의 승리만을 위해 존재하노니!"

촤악!

팔이 잘렸다. 다리로 검은 기사를 끌어안았다.

푸각!

목이 날아갔다.

그래도 검은 기사를 놓지 않았다.

스아앙!

전신이 난도질을 당했다. 그래도, 그래도, 그람은 버텨냈다.

"끈질긴 놈……!"

검은 기사가 혀를 내둘렀다. 기사의 명예. 평소라면 이러한 끈기를 칭찬했을 것이나, 검은 남자는 느끼고 있었다.

자신의 죽음이 다가오는 중이라는 걸. 그 전에 먼저 치지 않으면 안 된다는 걸.

검은 남자도 필사적으로 움직였다.

다섯 발자국.

네 발자국.

세 발자국.

두 발자국…….

그리고.

"……"

남자가, 고개를 들어 그를 바라봤다.

"……!"

순간.

정말 찰나와 같은 그때.

남자의 눈을 본 검은 기사가 멈춰 섰다.

"안……."

푸스슥!

검은 기사의 머리가 녹아내리기 시작했다.

주변의 모든 땅이, 모든 괴물이 저항조차 하지 못하고서.

하지만 그람은 열기를 느끼지 못했다. 그람과 엘리스가 있는 장소만은 아늑한 공기가 살랑이며 감싸고 있었다.

"흐하하! 힘이! 힘이 넘친다!!"

흡혈왕 아넬로우는 여전히 폭주 중이었다. 그 막강한 힘은 줄어들 줄을 몰랐다. 거대한 날개에서 떨어지는 마력의 파동이 회오리치며 지상을 강타하고 있었다.

닿는 즉시 지상의 모든 것을 지웠다. 아군과 적군을 가리지 않았다. 그것이 지금 이쪽을 향해 다가오고 있었다.

꿈틀!

순간, 엘리스의 몸이 약간이지만 움직였다.

그것을 본 그람의 눈이 휘둥그렇게 커졌다.

엘리스가 살아 있었다. 그렇다면.

"엘리스를 데리고 도망…… 쳐요!"

아무리 남자라도 저것을 맞받아치진 못할 것이다. 저 광선포는 권능조차 지워낼 수 있는 힘을 지니고 있었다.

그러나 자신이 불사성을 내던지며 막아내면 약간의 시간은 지연시킬 수 있을 것이다.

하지만 남자는 미동도 하지 않았다.

엘리스를 든 채로 다가와 그람에게 넘기곤 천천히 둘을 바라봤다.

"난……."

남자가 말했다.

그는 잔뜩 인상을 찌푸리고 있었다.

"지…… 킨다."

무엇을 지킨다는 말일까.

이후 고개를 돌린 남자가 천천히 자신의 가슴팍에 손을 집어넣었다.

가슴을 뚫고 들어간 손이 바깥으로 튀어나오자 거대한 빛의 창 하나가 튀어나왔다.

남자는 천천히 몸을 젖히고 그 창을, 그 빛으로 이루어진 창을 아넬로우에게 내던졌다.

아넬로우의 거대한 파동과 빛의 창이 맞닿은 순간.

휘이이이이이이이이잉.

푸아아아아아아아아아아아아아아아아앙-!!!

빛의 잔재에 그람은 눈을 감았다. 세상을 뒤덮을 것처럼 퍼져 나간 빛 때문에 눈을 뜰 수가 없었다.

그리고 다시 눈을 뜬 순간.

'아.'

하늘이, 깨끗해졌다.

마치 구멍이라도 난 듯 모든 구름이 걷히고 처음부터 없었던 것처럼 아넬로우의 모습조차 보이지 않았다.

"아버지……?"

하지만 이상한 건.

'남자' 역시 자취를 감췄다는 것.

주변을 둘러봤다. 하지만 남아 있는 것은 아무것도 없었다.

"무, 무슨 일이 벌어진 거야?"

"아넬로우가 사라졌다……?"

"이, 이긴 거야, 그럼?"

"괴물들도 없어졌다고!"

저 멀리 떨어진 사람들이 하나둘 그람이 있는 곳으로 다가오기 시작했다.

그들은 믿기지 않는다는 듯 주변을 둘러봤다.

모든 게 녹아내리고 사라졌다.

"이겼다!"

"우리가 이겼어!"

"으아아아아아아아아아!"

"만세!!!"

사람들은 오열했다. 무릎을 꿇고 승리에 취했다. 목청을 높여 소리를 높였고, 노래를 불렀고, 눈물을 흘렸다.

그람은 계속해서 주변을 찾아봤다.

하지만, 남자의 모습은 어디에도 보이지 않았다.

툭.

그때, 손 하나가 그람의 어깨를 짚었다.

고개를 돌리자 만신창이의 김민식이 그곳에 있었다.

"혹시⋯⋯ 방금 그 남자가⋯⋯."

김민식이 천천히 미소를 지었다. 그러곤 웃었다. 이가 보이도록.

그가 이렇게 웃는 모습을 그람은 처음 보았다.

"그래, 오한성. 녀석이⋯⋯ 돌아왔다."

앞이 캄캄했다.

모든 게 보이지 않았다.

오랜 시간, 나는 어둠과 싸웠다. 나는 고독과 싸웠다. 나는 공허한 자들과 계속해서 싸우고, 또 싸웠다.

-이제 지치지 않느냐?

-포기해라.

-우리에게 '위대한 별'의 주도권을 넘겨라!

그곳엔 10층의 탑이 있었다.

10층의 탑에는 갇혀 있는 신들이 존재했다.

아무것도 보이지 않았지만, 느낄 수 없었지만 죽을힘을 다해 올라갔다.

'왜?'

머릿속이 텅 비어버린 것 같았다. 아무런 감정도, 아무런 생각도 들지 않았다.

그저 올라가야 한다는 생각 외엔 아무것도.

신들은 계속해서 나를 현혹했다. 포기하도록 만들었다. 싸우고, 또 싸우며 지치게끔 했다.

그렇게 5층. 나는 막혀 있었다.

더 이상 오르지 못했다.

-인간의 한계다.

-인간이 아무리 강해봤자 신성을 제대로 취하지 못할 수밖에.

-너 역시 떨어지리라. 우리가 그러했던 것처럼.

나는 다시 떨어지기 시작했다.

5층에서 4층으로.

4층에서 3층으로.

3층에서 2층으로.

2층에서 1층으로.

1층에서…… 그 밑바닥까지.

강대한 자들이었다. 욕심이 가득 찬 존재들이었다. 텅 비어버린 나는 그들조차 이길 수 없었다. 그러기엔 내가 짊어진 '업'이 너무나도 많았다.

암흑인들. 그들의 저주가 나를 좀먹었다. 시간의 회귀가 내겐 족쇄가 되었다.

그 뒤로 나는 웅크려 있었다. 가만히 웅크려서 눈을 감고 있었다.

그렇게 얼마나 많은 시간이 지났을까.

쿵!

누군가가 벽을 두드렸다.

쿵! 쿵!

쉬지 않고.

쿵! 쿵! 쿵!

시끄러웠다. 왜 저렇게 필사적이란 말인가.

-당신이 필요해요. 우리를 구해줄 수 있는 건 당신밖에 없어요.

마침내 문을 뚫고 들어온 창 하나가 내 가슴을 꿰뚫었다.

고개를 들자 익숙한 얼굴이 보였다.

-오한성. 당신의 이름입니다. 나는 그대를 용서하지 않습니다. 하지만, 용서합니다. 내 아이들을 위해서, 나를 위해서, 그리고 당신을 위해서.

오한성?

그게 내 이름이었던가?

-아이들이 아빠를 보고 싶어 해요. 씩씩하고 착하게 자랐답니다. 그동안은 그럴 수 있었어요. 하지만…… 이젠 힘들어. 눈을 감으면 생각나니까. 눈을 떠도 당신의 그림자가 내 앞에 아른거리니까.

이 여자는 왜 이렇게 슬픈 표정을 짓고 있는 걸까.

왜 눈물을 흘리는 걸까?

하지만 그 눈물을 보는 나도 아팠다. 창에 찔린 가슴이, 사무치도록 아파 왔다.

-아이들의 이름은 엘리스와 그람이랍니다. 아이들에겐 아빠가 필요해요. 저 혼자선…… 그 아이들을 보듬어줄 수 없어요.

제발, 제발.

여자가 나를 보듬어 안았다.

따듯했다. 포근했다.

다시 고개를 들어 눈을 떴을 때, 어느덧 여자는 사라져 있었다.

그리고 나는 다시 자리에서 일어났다.

탑을 오르기 시작했다.

'라이라.'

라이라 디아블로.

그람, 엘리스.

김민식, 이타콰, 이그닐.

유서희, 시리아…….

…….

…….

오한성.

기억이, 되살아났다.

탑을 오르는 자는 경건해야 한다. 깨끗해야 하며 오롯이 존재해야 한다.

그 세 가지 자격이 없는 자는 탑을 오를 수 없다.

나는 탑에서 떨어진 뒤 가장 마지막에 존재하던 것을 잃었다.

나의 이름. 나의 존재 의의.

하지만 라이라의 등장 이후 나는 다시 내 이름을 찾았다. 내 존재 의의를 알았다.

"네가 바라는 것이 이 탑을 오르는 것이냐?"

1층. 그곳엔 태양왕이 있었다.

아니, 정확히 말하자면 전대의 태양왕이다. 내가 죽인 그가 1층에서 나를 기다리고 있었다.

"다시 떨어지는 게 나을 것이다. 네가 감당하기에 이 '힘'은 너무 거대해. 모두를 파멸로 몰아넣을 테지."

"구더기 무서워서 장 못 담글까."

삶은 도전의 연속이다.

나는 이 말에 꽤 동의하는 편이었다.

어차피 누군가는 해야 할 일이다. 다른 놈들에게 빼앗겨도 세상은 멸망하게 되어 있었다.

도전. 여태껏 내가 이겨온 시련들과 마찬가지로.

"'미래 선택'으로도 이 거대한 힘을 얻진 못했다. 우리엘 디아블로조차 아닌, 하물며 가짜의 네가 탑을 오르겠다니."

가짜. 우리엘 디아블로의 탈을 뒤집어쓴 인간.

그렇게 말하는 건가?

우리엘 디아블로는 미래 선택의 권능을 사용했다. 100년의 시간 동안 나를 찾아내고 나의 가능성에 모든 걸 걸었다.

그리고 전대의 태양왕 역시 그 힘을 사용해 저 자리를 얻었다. 결국 내게 패배했지만 그가 나를 이겼다면 둠도, 제로도, 아르하임도 그를 감당하지 못했으리라.

그런 그조차 '위대한 별'의 앞에 주저하고 있는 것이다.

"설혹 네놈이 '시간 회귀'를 경험했다 하더라도 네가 주체가 아니었지. 그야말로 '가짜의 삶'이 아니더냐."

아아, 맞다. 회귀를 한 것도, 우리엘 디아블로가 된 것도 모두 내 의지는 아니었다. 그냥 그렇게 되었을 뿐이다.

하지만 나는 주어진 상황 속에서 최선을 다했다.

발악.

지렁이도 밟으면 꿈틀한다는 그것처럼.

"가짜는 진짜가 될 수 없다. 너도 잘 알고 있을 텐데?"

암흑인들. 그들은 진짜였으나 가짜가 되었다. 나와 민식이가 경험한 회귀 때문에.

이후 그들은 진짜가 되고자 진짜들을 모두 없앨 계획을 세웠다. 장대한 서사의 시작이었으나 결말은 아름답지 못했다.

나는 천천히 입을 열었다.

"나를 기다리는 사람들이 있다."

또한.

"내가 지켜야 할 사람들이 있다."

그거면 됐다. 그거면 충분하다.

나는 전대의 태양왕을 지나쳤다.

1층은 그저 나의 의지를 엿보기 위한 시험대였다. 그는 나를 막을 수 없다.

-그 정도 의지로는 결코 이 탑을 오르지 못하리라.

마치 저주의 메아리처럼 내 귀에 꽂히는 한마디.

아랑곳하지 않는다. 누가 뭐라고 하더라도 나는 전진할 뿐. 언제나 그래왔듯이.

2층.

오딘의 방.

그곳에는 거대한 주신(主神)이 있었다.

두 마리의 늑대를 양쪽에 두고 가만히 나를 내려다보는 거인.

그는 나의 모든 감각을 없앴다. 시각, 청각, 촉각, 미각, 후각.

보이지 않고 들리지 않는 곳에서 버티고 또 버티는 게 그의 시련이다.

-탑을 오르는 자는 완성된 자여야만 한다. 너는 스스로 완성되었느냐?

완성. 완성이란 무엇인가.

모든 것을 다 이루는 게 완성이라면 나는 완성되지 못했다.

하지만 오딘은 오롯이 완성되어야만 탑을 오를 수 있다고 말하고 있었다.

나에게 내가 묻는다.

나는 완성되었는가?

'아니.'

나야말로 불완전의 대명사일 것이다. 내게 갖춰진 모든 힘, 모든 관계, 모든 인과는 불안전하기 짝이 없었다.

보이지 않고 들리지 않는 곳에서 나는 오랜 시간을 버텼다.

스스로에 대한 회의. 성찰의 시간을 가졌다.

하지만 아무리 시간이 지나고 또 지나도 '완성'의 의미를 알 수가 없었다.

완성되어 보지 못했기 때문일까? 아니면 애당초 '완전함'이란 존재하지 않는 게 아닐는지.

그래도 한 가지 확실한 건.

'불완전하기 때문에 더 아름다운 것이 있다.'

우리엘 디아블로. 그에게서 나로, 나에게서 그로 이어진 이 무수히 많은 인과. 만약 우리가 완전했다면 우리는 서로에게 의지하지 않았을 것이며 오히려 서로를 불신했을 것이고 지금 이 자리에 당도하지조차 못했을 것이다.

때문에 모든 감각을 빼앗긴 지금도 나는 고독하지 않았다.

슬프거나 화가 나지도 않았다.

무심(無心)은 아닐진대.

-그 정도는 답이 되지 못한다. 하지만…… 네가 정녕 바라는 게 인연의 힘이라면 나아가 봐라.

오딘은 쉽게 문을 내주었다.

어차피 내가 올라가지 못할 거라고 확신이라도 한다는 듯이.

나는 탑을 올라가기 전 그에게 물었다.

"요르문간드는 너를 증오하고 있다."

지금 눈앞의 오딘은 가짜다. 위그드라실에서 만들어진 환상과도 같은 존재. 그에게 물어봤자 제대로 된 답이 나올 리 없다는 걸 알면서도 묻지 않을 수 없었다.

오딘은 요르문간드를 자신의 세계에서 떨어뜨렸다. 지상으로 떨어진 요르문간드는 그 세계를 감쌀 정도로 거대한 대해의 괴물이 되었지만, 자신을 떨어뜨린 오딘에 대해 맹렬한 증오심을 갖고 있었다.

-운명은 피해갈 수 없는 것이다.

애매모호한 대답.

-너 또한 그러하리라.

그는 그저 힘없이 앉아만 있었다.

운명에 굴복했다는 것인지.

이 탑은 완성된 자들이 존재하는 탑이 아니다. 불완전한 자들이 모여 그저 완전해지고자 하는 욕망으로 모이고 모인 욕심의 탑일 뿐.

나는 등을 돌려 다시금 걸어 나갔다.

저들의 저주대로 내가 포기하고 주저앉을지는 누구도 모르는 일이었다.

아넬로우의 죽음.

세계를 변혁시킬 정도의 커다란 의미를 갖는 사건이었다.

누가 건드려도 끄떡하지 않을 것만 같던 제로와 그의 휘하 로드들이 한차례 휘청거린 것이다.

그아아아아아아!

피와 생명으로 점철된 거대한 탑에서 비명이 튀어나왔다.

수천만, 수억에 이르는 생명을 잡아먹고 그 모든 것을 마력으로 전환한 탑은 제로에게 무한한 힘을 제공하는 원동력이었다.

동시에 탑의 꼭대기 중심부에 놓인 '눈'은 세계의 모든 것을 살필 수 있는 힘을 지니고 있었다.

'눈'이 본 것은 제로도 볼 수 있으며 '아넬로우'가 죽는 순간을 제로 역시 살피는 중이었다.

"아넬로우가 죽었습니다. 제가 가서 피의 숙청을 하고 오겠습니다."

휘하의 로드 중 하나가 제로에게 말했다. 아넬로우가 죽었다는 게 다른 파벌의 수장들에게 알려지면 이 기회를 놓치지 않고 제로에게 압박을 가해올 것이 분명했다. 그동안은 4:3:3으로 제로가 미세하게 우위를 점하고 있었던 탓이다.

전쟁은 기세가 반이다. 얕잡아 보이는 순간 끝이다.

피의 숙청.

아넬로우를 죽인 인간들을 단 하나도 빠짐없이 죽여야만

한다.

하지만 제로는 고개를 저었다.

대신 손을 뻗어 탑의 주변을 배회하던 용 하나를 가리켰다.

"'바하무트'……! 알겠습니다. 저 폭룡과 함께라면 상대가 로드라고 할지라도 쉽겠지요."

폭룡 바하무트.

지저에서 끌어 올린 용을 저 저주받은 '탑'이 강화시킨 결과물이다.

안 그래도 강력하던 존재가 반신에 버금가는 괴물로 거듭났으니 로드들조차 두려워하는 제로의 비밀 병기가 되었다.

저 용과 함께하라는 건 개미 한 마리 남기지 말라는 소리!

그야말로 쑥대밭을 만들어버리라는 의미다. 아넬로우는 실패했지만 폭룡 바하무트는 놈과도 궤가 다른 괴물. 제로가 아니라면 제어조차 할 수 없었을 것이다.

"신 어비스의 샤라카가 '피의 숙청'을 행하고 돌아오겠습니다."

샤라카가 고개를 숙였다.

성공 확률 100%의 임무다. 남은 건 어떤 식으로 보복을 행하느냐는 것.

가장 잔인하고 잔혹한 숙청이 시작될 것이었다.

5층.

이곳에서 나는 '갈림길'에 놓였다.

-선택하라. 네가 죽어 저들을 지킬 것인지, 저들을 죽이고 네가 살아남을 것인지!

나는 이전 5층에서 선택을 하지 못해 떨어졌다.

바로…… 내가 회귀함으로 인해 떨어진 인간들.

암흑인. 그들의 처우에 관해서다.

완전한 존재라면 당연히 저들의 죽음을 택했을 것이다.

어차피 없었던 존재들. 사라져 봐야 그대로일 뿐이니까.

하지만 저 '사신'이 말하는 죽음은 문자 그대로의 죽음이 아니다.

'망각.'

그들을 잊으라는 말, 모두에게 잊힐 거라는 말.

내가 그들의 죽음을 택하는 순간, 그들은 정말로 영영 사라져 버릴 것이다.

기억에서조차.

간단하고 깔끔하지만 나는 이미 저들을 짊어지겠다고 맹세했다. 저들의 죄와 나의 죄 모든 것을 감당하겠노라고 말이다.

그러나 그러기 위해선 내가 죽어야 한다.

죽을 수 있는가?

나는 과연 홀로 존재할 수 있을 것인가.

-스스로의 죽음을 택했느냐?

사신이 천천히 낫을 휘둘렀다.

-지금부터 천천히 너의 존재는 지워지리라. 그리고 이내 완전히 사라지리라. 이것이 내가 내리는 너의 '죽음'이다.

나는 탑을 올랐다.

그저 오르고, 오르고, 또 올랐다.

나는 이미 라이라의 마음을 받았다. 우리엘 디아블로의 마음을 받았다. 아이들의 모습을 보고 내 안에 각인시켜 두었다.

이제는 선택할 수 있다. 이제는 나아갈 수 있었다.

나아가자. 정상을 향해.

그리고 지키자. 내 소중한 모든 것을.

라이라가 눈을 떴다.

가장 먼저 보인 건 높은 천장이었다.

그리고 그 옆에 아이들이 있었다.

그램, 엘리스.

"깨어나셨군요."

"엄마!"

그람이 다행이라는 듯 가볍게 미소를 지었다. 엘리스는 대뜸 라이라의 품에 안겨 애교를 피웠다.

"어떻게 된 거니?"

"강찬이란 사람이 어머니를 이곳으로 데려다줬어요. 그 사람은 죽지 않은 게 신기할 정도의 상처를 입고 있어서, 지금은 치료 중이에요."

"아……."

그람의 설명을 듣고 라이라가 고개를 끄덕였다.

맞다. 강찬. 그가 위대한 별로 라이라를 인도했다. 어떻게 데려다준 것인지는 모르겠지만, 도착한 즉시 라이라는 자신이 갖고 있던 '창'을 꺼내 위대한 별의 중심부에 박아 넣었다.

발키리의 창.

그것이 박히자 거대한 빛이 일렁이며 라이라를 집어삼켰고 눈을 뜨니 이곳이었다.

"그는 괜찮은 거니?"

"예, 그래도 치료하는 데 시간이 조금 필요할 것 같지만요. 아직 정신을 못 차리고 있어요."

다행이다. 죽지는 않았다는 말이다.

"전쟁은……?"

"우리가 이겼어요. 마지막에 아버지가 도와주셨거든요."

"아버지?"

"오한성. 민식이 아저씨가 녀석이 돌아온 거라고 했어요."

라이라의 눈이 화등잔만 하게 커졌다.

"그, 그는? 그는 그럼 어디에?"

"아넬로우를 죽이곤 사라지셨어요. 증발한 것처럼……."

그람이 아쉽다는 듯 입맛을 다셨다. 하지만 그람의 눈동자는 활활 불타고 있었다.

"하지만 창을 던져서 아넬로우를 한 번에 격살시켰어요. 어머니의 말씀대로 아버지는 대단한 분이었어요! 죽어가던 엘리스를 치료해 주고, 괴물들을 물리쳤죠. 그리고, 그리고……."

그람은 신이 난 아이처럼 재잘재잘 자신이 보았던 것을 털어놓았다.

라이라는 가만히 그람의 이야기를 들으며 고개를 끄덕였다.

"……신화에 나오는 영웅도 그런 모습을 보이진 못할…… 왜 우세요?"

이번에는 반대로 그람이 놀라 되물었다.

라이라의 눈에서 눈물이 또르륵 한 방울 떨어져 내렸기 때문이다.

처음 보는 모습. 그녀는 강철이었다. 그람이 생각하는 라이라는 그랬다.

라이라는 손을 들어 눈물을 닦아내곤 말했다.

"아무것도 아니다. 그보다 아넬로우를 죽였으니 제로의 성격이라면 반드시 보복을 해올 거다. 빨리 준비를……."

"아, 걱정 마세요. '유사 도시'가 완성되었거든요."

유사 도시!

라이라가 짧게 '아' 하고 감탄을 자아냈다.

지하에 만들어둔 도시의 모습을 지상으로 내보내고, 괴물들이 침범했을 때 인류는 지하로 숨어 괴물들을 방어하는 작전이다.

진짜와 홀로그램을 섞어서 '착시 효과'를 가져다주는 방법.

적이 인간들을 모두 몰살했다고 생각하고 돌아가거나 방심하게 만들고자 고안해 낸 전략이었다.

쿵! 쿠아아아아아아아아앙!

"시작됐나 보네요. 샤라카가 맨손으로 돌아가게 생겼군요."

그람이 자신만만하게 미소를 지었다.

라이라가 가만히 천장을 올려다보았다.

이 작전이 정말 통한다면.

'반격의 시작.'

약자들의 반격이 시작될 것이다.

그람이 싱글벙글 웃으며 이어서 말했다.

"아! 그런데 정말 대단했어요. 강찬이란 사람이 던진 창에 아넬로우가 한 방에 죽다니 말이에요."

"……뭐라고?"

"아, 아니, 아버지가…… 그런데 아버지의 이름이…… 잠깐, 왜 이러지?"

이윽고 그람이 당황한 듯 머리를 부여잡았다.

라이라도 마찬가지였다.

그럴 리가 없어야만 하는 일이 일어나고 있었다.

라이라는 미간을 찌푸리며 이름을 되뇌었다.

'이름이…… 기억나지 않아.'

도시가 파괴됐다.

폭룡의 바하무트가 내뱉은 숨결은 모든 걸 녹이고 없앴다.

어비스의 샤라카는 어깨를 으쓱했다.

"쉽군."

인간들의 반격?

그러할 시간도 주지 않았다.

압도적인 살육. '격'이 다름을 보여주려면 무릇 이래야 한다.

'고작 이 정도의 인간들에게 당하다니, 아넬로우. 너는 우리의 수치다.'

샤라카는 비웃음을 흩뿌리며 고개를 돌렸다.

몇 개의 도시와 인간들을 뿌리 뽑았으니 임무는 달성한 셈이다.

"가자."

카아아아아아아아아아아악-!

폭룡의 바하무트가 괴성을 내질렀다. 듣는 이로 하여금 본능적으로 전율이 일게 만드는 포효. 샤카라조차 오금이 떨릴 정도였다.

이후 샤라카와 바하무트가 빛과 같은 속도로 지상에서 멀어졌다. 귀환하여 성공적인 임무의 달성을 제로에게 알리려는 것이다.

"……갔지?"

그리고 얼마 지나지 않아 지하 깊숙한 곳에서 사람들이 하나둘 모습을 보이기 시작했다.

"정말 속았네."

"푸하! 홀로그램이 진짜 통하는구나."

그들의 중심으로 김민식 총사령관이 걸어 나왔다.

그는 아예 궤멸된 지상 도시의 모습을 보곤 고개를 끄덕였다.

'성공했군.'

유사 도시 계획!

지하 깊숙한 곳에 만들어 둔 도시를 숨겨두고, 그대로 기계를 통해 지하의 도시를 지상으로 표출시킨 뒤, 홀로그램 등을 이용해 진짜 사람이 살고 있는 도시인 것처럼 보이게 하는 계획이었다.

적들은 도시와 가짜 사람들을 보고 공격하거나 혼란스러워하며 착각하게 만드는 게 계획의 주요 내용인데, 샤라카가 거기에 제대로 낚여 버린 것이다.

이제 샤라카와 제로는 한국이 쑥대밭이 되었다 믿어 의심치 않으리라.

'거기서 시작한다.'

우리 모두가 죽었다고 생각할 때, 더 이상 저항할 인류가 남아 있지 않다고 생각할 때 인류는 천천히 그들의 목을 조여갈 것이었다.

"총사령관님, 바로 다음 계획으로 넘어가시겠습니까?"

"그래, 아넬로우의 사망 소식을 세계에 알려라. 더불어 남은 모든 인류의 힘을 이곳에 집결시킨다. ……반격의 순간이다."

갑자기 나타난 데몬로드와 수많은 괴물로 인해 인류는 아직 힘을 제대로 합치지 못했다. 인류가 뭉치는 걸 괴물들도 달갑게 생각하고 있지 않기 때문이다.

하지만 한국이 그들의 '눈 밖'에 나게 되었으니 이보다 좋은 집결지는 없으리라.

'지켜봐라. 이번 계획은 온전히 나와 인류의 힘만으로 이뤄 보일 테니.'

아넬로우를 압살한 이후 '그'로 보이던 빛의 잔영은 이내 사라졌다. 아마도 다시금 거신의 품으로 돌아간 것이겠지.

하지만 녀석이 자신들의 위험에 반응을 했다. 그렇다는 건 다시 녀석이 나타날 가능성이 있다는 거다.

그러다가 김민식은 이내 당혹함이 가득한 표정을 지어 보였다.

'그런데 녀석의 이름이…… 뭐였지? 아니, 잠깐…….'

무언가 이상했다.

'그'의 이름이 기억나지 않는다.

이름뿐만이 아니다.

과거 '그'의 행적들이 머릿속에서 조금씩 사라지고 있었다.

'뭔가가 틀어졌다.'

김민식의 본능이 외치고 있었다. 잊어선 안 될 것들이 잊히고 있다고.

평범한 현상은 아니다.

"사령관님? 어딜 가십니까?"

부하의 말을 무시하고 김민식은 다시금 지하로 향했다.

라이라에게, 그람에게, 엘리스에게 물었지만 '그'를 제대로 기억하는 자가 없었다.

'잊히고 있다.'

'그'에 관한 기억들이 잊히는 중이었다.

김민식은 자신의 보금자리에서 종이와 펜을 꺼냈다.

'잊어선 안 되는 것들. 녀석에 관한 기억들…… 남겨둬야 해.'

기억이 사라지고 있었다. 김민식은 시간을 돌아 회귀했기에 이와 같은 느낌을 잘 안다. 누군가의 기억 속에서 사라지는 것 말이다.

그러니 남겨야 한다. 녀석이 있었다는 걸, 존재했다는 걸.

펜을 움직였다. 종이에 글자를 적었다.

「이것은 무엇보다 중요한 기록이다.」

「나의 절친한 친구에 관한 기억들.」

「결코 잊지 말기를.」

다른 누구도 아닌 자신만은 잊어선 안 되었기에.

6층에선 하늘까지 닿는 거인들과 힘을 겨뤘다. 7층에선 토르와 망치를 주고받았으며, 8층에선 운명의 여신들에게 나에게 걸린 '망각의 저주'에 관해 들었다.

-그 망각은 결코 풀리지 않습니다.

-모두에게 잊히고, 스러지는.

-가장 혹독한 형벌.

그것이 '별'을 얻는 방법이라고 했다. '위대한 별'을 얻으려면 스스로 망각의 늪에 발을 들여야 한다는 것이다.

나는 그러하겠다고 했다. 그리하여 내 소중한 것들을 지키겠다고 말했다.

그리고 9층과 10층.

비로소 '그들'과 만났다.

"현장."

그리고.

"천마."

그들의 눈이 내게로 닿는 순간.

쿵! 쿵! 쿵! 쿵!

심장이 크게 울렸다.

"공격- 하라!!"

김민식의 진두지휘 아래, 전투가 시작됐다.

북한을 시작으로 중국의 길림과 하얼빈까지 단번에 뚫어내는 대전투.

이곳에 로드들은 없지만 각 지역마다 강력한 괴물이 존재했다.

쿠에에에엑!

레비아탄이라 불리는 거대한 지저의 괴물이 땅을 뚫고 튀어나와 사람들을 습격했다.

그 길이만 수백 미터에 다다를 정도로 어지간한 용보다 커다란 뱀.

그 레비아탄을 필두로 끝이 보이지 않을 정도의 괴물들이 물밀 듯이 밀려들고 있었다.

"싸워라! 멈추지 마라! 앞만 보고 돌격하라! 승리는 우리의 것이다!"

하지만 인간 진영의 기세도 만만치 않았다.

저 괴물들을 실질적으로 지배하던 건 아넬로우다. 그리고 지금, 흡혈왕 아넬로우는 죽었다. 사령부가 없으니 숫자만 많은 오합지졸과 같았다.

아넬로우를 죽인 후, 인류의 기세는 하늘을 찌를 정도였다.

"으아아아아!!!"

"죽어! 죽어어어어-!"

"개새끼들! 개 같은 새끼들!"

하늘에선 마법이 빗발치고 지상에선 피가 난무했다.

인류 연합군은 모두 피부의 색깔도, 성별도 달랐지만 마음만은 하나가 되어 적들을 밀어붙이고 있었다.

전투, 전투, 전투.

그야말로 끊임없는 전투의 향연.

죽어야만 멈추는 핏빛 축제였다.

파죽지세.

인간연합군은 순식간에 하얼빈까지의 국토를 확보했다.

이 위는 이제 러시아다.

러시아. 최강 군부, 진정한 실세라 일컬어지는 시리아가 그곳에 있었다.

"오랜만이군요."

시리아는 무척이나 피로가 가득한 안색으로 그들을 맞이해주었다.

러시아도 쑥대밭이 되었지만 아직도 '로드'를 견제하며 전쟁을 벌이고 있는 나라 중 하나였다.

"오랜만이군."

김민식이 대답했다.

불과 2주일 정도의 시간 만에 여기까지 올 수 있었다.

강력한 적들이 알아차리기 전에 최대한 속도를 올려 이동한 것이다.

시리아는 김민식과 그의 뒤에 선 전사들을 바라보며 말했다.

"아시겠지만, 제대로 된 보급을 기대하진 마세요. 로드 '진격의 라우페'와의 전쟁 통에 저희도 비축한 것들이 별로 없답니다."

"알고 있다. 우리가 이곳에 온 것도 그 라우페를 죽이기 위해서니깐."

"……가능할까요?"

시리아는 부정적이었다. 하지만 김민식은 자신의 가슴을 두드렸다.

"우리는 흡혈왕 아넬로우를 죽였다. 놈들도 심장이 터지면 죽는다."

"정확히는 누가 아넬로우를 죽였죠?"

"우리 모두가 힘을 합쳐서 죽인 거다. 원한다면 놈의 시체를 보여주지."

아넬로우의 죽음은 세계의 지도부들이라면 이제 모두 안다.

한국에서 김민식 총사령관의 지휘 아래, 그가 죽었다는 걸 말이다.

그거면 됐다. 어쨌거나 아넬로우가 죽은 건 사실이니까.

"그럴 필요 없어요."

시리아는 고개를 젓고는 손을 뻗었다.

"우리 러시아는 그대들을 환영합니다."

잠시의 휴식.

사람들은 자리에 주저앉아 밤하늘을 올려다보며 시름을 지웠다.

"캬-! 진짜 대단하다니깐, 이 녀석?"

"맞아. 사람이 어떻게 그렇게 휙휙 날아다녀?"

"오우거 목을 무슨 무처럼 썰어버리는데, 휘유~"

모닥불을 피우고 그 주변에 모여 앉은 사람들이 한 청년을 바라보며 득달같이 칭찬을 쏟아부었다.

청년은 조용히 눈을 감고 있을 뿐이었다.

그때 반쯤 탈모가 온 남자가 청년에게 다가갔다.

"얼굴도 이 정도면 반반하고. 능력도 좋으니, 어때? 전쟁 끝나면 내 딸이랑 결혼해 보는 게?"

"예끼, 이 사람아. 결혼이 무슨 애들 장난이야? 차라리 내 친척 조카 중에 진짜 예쁜 애가 한 명 있는데……."

"워워! 결혼이 얼굴 파먹고 하는 겁니까? 중요한 건 이 속이지, 속. 현모양처! 내 사위는 손에 물 한 방울 묻힐 필요가 없어. 그러니까 내 여동생이 나이가 좀 있기는 한데 애는 정말 착하거든?"

사람들이 앞다투어 청년 앞으로 모여들어 중매쟁이가 되었다.

하지만 청년은 가만히 고개를 저어 보였다.

"이미 결혼했습니다."

"……했어? 결혼을?"

처음 듣는 이야기였다.

모두가 벙찐 표정이 되었을 때, 청년은 계속해서 말했다.

"애도 둘 있어요."

"그렇게 나이가 많아 보이진 않는데?"

"그 사이에 애가 둘이나 있다고? 워메……."

"사진 같은 게 있는가?"

청년은 고개를 저었다.

그제야 사람들이 피식 웃어 보였다.

"저거 순 구라 아니여? 그러지 말고 우리 애들 사진이나 한 번 봐봐."

"맞아. 전자 계집 말고 현실을 봐야지 않겠어?"

"눈 뜨면 정말 잘생겼을 거 같은데. 안타깝구먼."

청년은 여태껏 한 번도 눈을 뜬 적이 없었다.

전쟁 중에도 말이다.

"그런데 청년, 이름이 뭐였더라?"

청년은 눈을 감은 상태 그대로 말했다.

"오한성입니다."

돌아왔다.

현장과 천마를 만나고, 나는 다시금 돌아올 수 있었다.

하지만 그들은 내가 아는 현장과 천마가 아니었다. 그들은 폭주하고 있었다. 나는 마지막 층을 돌파하지 못했다.

8층, 운명의 여신들은 그들을 돌리려면 한 가지 방법밖에 없다고 말했다.

-모든 로드를 죽이세요.

-그러면 '별'이 가득 차 그들이 깨어날 겁니다.

-그리고 그때에 그대가 원하는 바를 이룰 수도 있을 것입니다.

운명의 세 여신이 내놓은 대답.

모든 로드를 죽이라는 것.

원래 그럴 생각이었다. 그들을 깨우고 '위대한 별'을 탈취하는 게 나의 목표였다.

-하지만 명심하시길.

-그대에게 걸린 '금제'는 생각보다 강력한 것.

-망각과 혼란. 누구도 그대를 알아볼 수 없으며, 그대 또한 상대를 쉬이 특정할 수 없을 것이다. 그리고 반드시 아는 척을 해선 안 될 것이다. 그 순간 그대는 다시 떨어질 터이니.

탑을 오르는 자에게 부여된 금제.

사람들은 나를 기억 못 하고, 나 역시 사람들을 특정하지 못한다.

그렇다. 나는 지금 누가 말을 걸어도 그들을 특정할 수 없다. 그 사람이 그 사람 같고, 그 목소리가 그 목소리 같다.

착각하기 쉬운 상태라는 것이다.

적조차 쉬이 구분이 가지 않는다.

그래서 나는 인류 연합군에 일단 합류하기로 했다.

실수해서 내가 지켜야 할 것들을 없애면 안 되니까.

"아! XXX가 오셨다!"

"뭐? XXX가 여길 왜?"

"우리를 격려하러 오셨나 봐! 뒤에 고기가 가득해!"

"저 차가운 분이 웬일이래?"

주변 사람들이 환호를 내질렀다.

누구지? 누가 온 거지?

답답했다. 갈증이 났다.

하지만 나는 상대의 이름도, 제대로 된 목소리도 들을 수가 없다.

눈을 감고 다니는 이유는 시력이 가장 큰 착각을 주기 때문이다.

"모두 고생 많았다. 많이 먹고 많이 싸우도록."

"……."

딱히 격려를 하는 말은 아닌 듯싶었다.

하지만 누구도 뭐라 하지 못했다. 겁에 질린 듯, 약간 두려워하는 느낌이었다.

뚜벅. 뚜벅.

그는 주변을 돌다가 잠시 내 앞에 섰다.

"잘 싸우더군."

단 한마디.

그리고 그는 다시 떠나갔다.

"와, XXX 님이 남 칭찬하는 거 처음 들어."

"너 대단한데?"

가슴이 터져 버릴 것만 같았다.

"방금 그분, 누굽니까?"

"그걸 몰라서 물어?"

"XXX 님이잖아."

"히야, 어디 시골에 박혀 있다가 나온 거야?"

젠장. 구분이 가지 않는다.

하지만 왜인지 그리운 느낌이 들었다.

적어도 내 앞에 맴돈 향기는 매우 익숙한 것이었다.

'라이라.'

라이라.

분명히, 방금 내 앞에 섰던 자는 라이라였다.

다른 사람은 착각해도 라이라만은 착각할 리가 없었다.

금제든, 저주이든, 그 무엇에 걸렸더라도.

하지만, 라이라는 나를 알아보지 못했다.

'망각의 저주.'

현기증이 돌았다. 말을 하고, 껴안고 싶었다.

눈을 떠서 확인하고 싶었다.

하지만, 그러지 못했다. 그녀를 확인한 순간 나 스스로를 절제할 수 없을 것 같아서.

그러면 안 되는 거니깐.

'너를 지키마.'

주먹이 으스러지도록 꽉, 쥐었다.

반드시. 반드시 그럴 것이다.

라이라가 잠시 멈춰섰다.

방금 그 남자, 전쟁의 중간부터 갑자기 보이기 시작한 그 남자. 그가 계속 눈에 밟힌다.

'누구지?'

하지만, 누군지 알 수가 없다. 이런 느낌은 처음이었다.

'이름이라도 물어볼 걸 그랬나.'

라이라는 고개를 저었다. 인간 중에 자신에게 이런 느낌을 주는 자는 없었다. 그저 필요에 의해 인간들을 돕고 있을 뿐이었으므로.

'나는 왜 인간들을 돕고 있는 거지?'

어느 순간부터 들었던 의문.

하지만 일단 접어두었다. 그보단 이 전쟁에서 승리해야 한다는 생각이 더욱 강하게 들었기에.

라이라는 다시금 전선으로 나아갔다.

이제, 뒤를 돌아볼 시간 따윈 없었다.

늦은 저녁.

막사에 홀로 누워 나는 생각에 잠겨 있었다.

모든 정보가 나를 혼란시킨다. 귀로 듣는 것, 냄새로 맡는 것, 심지어 보는 것조차도.

그중 가장 나를 미치게 하는 건 바로 '시각'이었다.

눈을 뜨면 '녀석들'이 보였다.

-나는 오딘을 먹어 삼킨 이리니라. 너의 몸과 혼을 내놓으면 세상의 모든 보물이 잠들어 있는 '오딘의 보물창고'를 네게 줄 수 있다.

-저는 지저의 여왕 헬입니다. 그대의 영혼을 나누어 주신다

면 지저의 제왕으로 군림할 수 있게 해드리지요.

마지막 경매. 그곳에서 다른 로드들을 막아서며 죽은 암령의 자리를 다른 놈들이 비집고 들어왔다.

그들은 스스로를 펜리르, 그리고 헬이라고 소개했다.

요르문간드의 형제라고 봐도 무방할 존재들. 하지만 그들은 형체를 얻지 못하고 내 주변을 맴도는 중이었다.

눈을 뜨면 하늘을 덮는 거대한 이리와 반은 청색이며 반은 사람의 색깔을 하고 있는 여왕 헬의 모습이 보였다.

'아마도 내게 혼란을 주는 주원인들이겠지.'

모든 것이 헷갈려도 이 둘만은 확실하게 보인다.

이 둘을 어떻게든 처리해야만, 적어도 내게 걸린 금제가 풀린다는 것만은 분명한 듯싶었다.

문제는 어떻게 해결하냐는 것.

-소중한 것들을 지키고 싶으냐? 위대한 별 따윈 필요치 않다. 내 이빨 앞에선 그 콧대 높은 천상의 신들조차 벌벌 떨었으니.

-지저의 제왕이 된다면 모든 게 해결될 거예요.

이들이 원하는 바는 너무나도 간단했다.

나의 몸과 나의 영혼.

그것들을 바치면 내가 바라마지않는 모든 것을 이뤄준다는 것이다.

요르문간드와는 성향이 달라도 너무 달랐다. 그녀는 나와 함께 성장하며 목표를 달성하려 한 반면에, 이 둘은 그저 빼앗으려고만 하고 있었다.

'하지만 이 둘은 가짜가 아니야.'

모든 '진짜 신'은 '공허'로 떨어졌다고 하지 않았던가?

아니, 천마처럼 예외의 경우가 있긴 했으니 모두는 아닐 것이다.

"어떻게 하면 내 앞에서 꺼질 수 있지?"

그러나 달갑지 않았다.

아마도 이 둘의 영향 때문에 나는 이 모든 혼란을 겪고 있는 것일 터였다. 둘이 가져다주는 존재력은 어마어마했지만 정작 내게 혼란만 준다면 전혀 반갑지 않았다.

하지만, 이 둘은 내 질문과 관계없는 대답만 내놓았다.

-내 힘을 얻는 방법은 간단하다. 선 성향과 악 성향을 50 대 50의 비율로 맞추어라. 내 힘을 맛보면 너는 내 힘에 매료되어 모든 걸 바칠 수밖에 없을 테니.

-악 성향을 100에 가깝게 맞추면 그대는 저, 헬의 힘을 사용할 수 있을 거예요.

나의 성향에 관한 대답이 튀어나왔다.

성향. 내가 악하거나 선한 행동을 했을 때 올라가는 수치들.

막상 그 수치가 보이긴 해도 내게 큰 영향을 끼친 적은 없었다. 그런데 펜리르와 헬은 나의 성향을 자신의 성향에 맞게 맞추라고 말한다.

웃긴 건 사근사근 존댓말을 사용하는 헬이 악 성향 100에 가깝다는 사실이었다. 반면에 펜리르는 나름 선 성향이 50이나 된다.

'탑을 오르며 내가 얻은 힘은 이 둘.'

8층까지 탑을 오르며 나는 수많은 경험을 했다. 그리고 그 경험과 힘들이 이 둘에게 축적되어 있었다.

나는 둘 중 하나의 힘을 사용할 수 있는 기틀을 마련한 셈이다. 완전하진 않지만 어느 정도 둘의 힘을 얻을 수 있는 정도.

'상태창.'

그나마 다행인 점이라면 상태창만은 혼란을 주지 않는다는 것 정도일까.

이름: 오한성

직업: 천지인(天地人)

칭호:

- 오한성(無, 순수마력 10당 모든 능력치+1)

- 대라선(10Lv, 지능+20)

- 탑을 오르는 자(10Lv, 힘+10 체력+10)

● 타오르는 샛별(8Lv, 지능+13)

능력치:

힘 146(110+36) 민첩 129(110+19) 체력 133(110+23)

지능 169(110+59) 마력 146(120+26)

잠재력(560+163/560)

잠재 능력치: 0

특이 사항:

-선 성향과 악 성향의 비율이 63:37입니다.

-'혼란' 상태입니다.

-지능이 '초월' 상태입니다. 9Lv 이하의 마법을 모두 무효화시킵니다.

착용 장비: 루의 창(???, 봉인 상태, 모든 능력치+7), 폭식(체력+7), 나태(지능+7), 색욕(마력+7), 분노(힘+7)

강해졌다. 말도 못 하게끔.

탑에서 잠재력을 모두 채우고 나온 것이다.

특히 '전장의 싸움꾼(7Lv, 힘+4 체력+7)'의 칭호가 '탑을 오르는 자(10Lv, 힘+10 체력+10)'로 변하며 큰 성장을 맛봤다.

하지만 탑에 오르며 내가 챙길 수 있었던 장비는 칠 대 죄악뿐이었다. 월천과 망토 등은 경매가 끝나고 분실해 버렸다.

'선 성향이 더 높군.'

아마도 탑에서 내가 행한 선택들로 인해 높아진 것이리라.

암흑인들의 처우, 그리고 지키고자 하는 것들에 대한 내 욕망 등이 반영된 거겠지.

720에 다다르는 능력치 총합은 누구도 다다르지 못한 수치였다. 웬만한 데몬로드조차도 이만한 '격'을 얻진 못했으리라.

제로, 아르하임, 안달톤 브뤼시엘. 이 셋이라면 가능성이 있지만, 그래도 나는 아직 부족하다. 셋을 압도하고 위그드라실에 군림하는 흐레스벨그를 죽여야 했다.

'펜리르와 헬, 둘 중 하나의 힘을 빌린다면…….'

나는 이 둘이 얼마나 강력한지 모른다. 왜 갑자기 내게 왔는지도 모르겠다. 그저 '요르문간드'와 계약했기 때문에 이 둘이 내게 왔다고 추측할 따름이었다.

다만, 저 둘의 말이 사실이라면 힘을 빌리는 것만으로도 지금보다 강한 힘을 낼 수 있을 거라는 점이다.

더불어 지금 느끼는 '혼란'도 사라지겠지.

물론 모두 믿지는 않는다.

또한 둘은 뻔뻔하게도 암령의 자리를 대신 차지하고 있었다.

'루의 창.'

그리고 하나 더.

라이라가 나를 깨울 때 사용한 루의 창을, 내가 지니고 있었다.

정확한 사용 방법은 모르지만 위대한 별의 보호막을 뚫고 내게 닿을 정도로 강력한 위력을 지닌 창이다.

라이라. 그녀에게 닿을 수만 있다면 더 쉽게 알아낼 수 있을 텐데.

'그럴 수는 없지.'

-나의 이빨을 얻고 싶지 않느냐?

-지저는 무궁무진한 힘을 지니고 있습니다.

시끄러운 녀석들.

나는 눈을 감았다.

눈을 감으면 거짓말처럼 둘의 목소리가 사라지니까.

"거인들이 쳐들어왔다!"

"으아아악!"

"대열! 대열을 유지해! 당황해하지 마라!"

다음 날. 이른 아침부터 시작된 습격에 인간 군영은 혼비백산하고 있었다.

습격을 해온 적은 진격의 라우페가 이끄는 거인 군단이었다. 거인이라고 해봤자 신화 속 거인은 아니고 대부분 괴물을 합성해 만든 초거대 괴물이지만.

못해도 20m 이상의 거구들은 그저 뛰어오는 것만으로도 위압적인 법이었다. 아파트나 빌딩이 뛰어다니는 셈이니.

'라우페. 놈은 어디 있지?'

나는 주변의 소리들을 들었다. 촉각으로 느끼고, 후각으로 맡았다.

내게 입력되는 정보들은 나에게 혼란을 주지만, 그렇다고 모든 게 '거짓'인 것은 아니었다.

100% 거짓이라면 차라리 혼란할 일도 없다. 진실이 섞여 있기에 혼란이 오는 것이다.

"어리석은 인간 놈들!"

나는 최대한 거르고 걸러 확신할 수 있는 것만을 머릿속에 입력했다. 적이라고 규정할 수 있는 정보만을 말이다.

바닥을 딛고 뛰어올라 거인의 목덜미까지 안착한 이후, 구닥다리 검으로 거인의 목을 잘랐다. 피가 분수처럼 튀어나오고 전신에 묻어도 아랑곳하지 않는다.

내가 찾는 건 이런 말단의 거인 하나가 아니다.

진격의 라우페. 데몬로드. 놈을 특정하려면 주변의 '정보'들이 필요하다.

'나는 모두에게 잊혀졌다. 그 말인즉, 적에게도 나에 대한 정보가 없다는 소리.'

그래서 더욱 조심하여 행동하는 중이었다.

가장 큰 적. 데몬로드들이 나를 알아차리면 방비하게 되어 있다. 그러니 힘을 숨기고 있다가 놈들의 목을 칠 때에만 사용해야 한다. 그 전에 알려지면 힘든 싸움이 될 것이다.

망각의 저주는 저주이기도 했지만 어떤 의미에선 축복이기도 했다.

'아직 안 나타난 건가? 습격치곤 규모가 광범위하다. 분명히 놈이 어딘가에 있을 텐데. 아니면 이미 어디선가 공격 중인 걸까?'

빌어먹을. 차라리 주변 모두가 적이라서 힘을 마음껏 발산해도 되는 상황이면 좋겠다. 하지만 그리하면 정작 죽여야 할 놈은 도망치고 규모를 늘려서 공격해 올 게 분명했다.

인식에 대한 혼란은 어느 정도 익숙해졌다.

적과 아군을 구분할 수는 있다.

하지만 '마력의 흐름'을 잃는 게 치명타였다.

'힘 조절이 안 돼.'

"자, 잠깐! 너 왜 마법을 우리한테 사용하는 거야?"

"저 미친놈!"

"피해! 아아악!"

쾅!

"내, 내 다리! 치, 치료사! 내 다리 좀 붙여줘!"

"저거 완전 또라이 아니야!"

[악 성향이 1 증가합니다.]

[선 성향과 악 성향의 비율이 62:38로 조정되었습니다.]

순간 펜리르의 웃음소리가 들려오는 것 같았다.

최대한 힘을 억눌러도 '불의 힘'이 터질 때가 있다. 탑에서 얻은 힘 모두를 개방하지 않았기에 망정이지 아니었으면 몇 번이고 큰 사고를 낼 뻔했다.

'힘 조절, 힘 조절, 힘 조절……'

참을 인 세 번이면 살인도 면한다고 했다.

힘 조절도 마찬가지다. 의식하면 폭주는 안 한다.

이 힘을 사용해야 할 대상은 온전히 데몬로드여야만 하였다. 적어도 진격의 라우페 정도는 되어야 내 힘을 받아낼 수 있을 것이다.

'내가 없는 동안 놈들이 얼마나 강해졌는지 알 수가 없다.'

그러니 적어도 라우페를 상대하며 적들을 가늠하고 싶었다.

조심해서 나쁠 건 없었으므로.

가장 큰 적들이 나를 모를 때, 기습적으로 노려 단번에 목을 치는 게 나의 계획이었다.

"라, 라우페다! 진격의 라우페가 나타났다!"

"마법병단! 모든 마법을 쏟아부어라!"

"방패전사는 앞으로!"

"앞으로!"

목소리가 나는 곳으로 고개를 돌렸다.

저곳 어딘가에 내가 찾던 님이 있다는 것 같았다.

유서희는 가만히 전장을 주시했다.

웬 미친놈 하나가 불의 마법을 마구 터뜨리며 피아를 가리지 않고 공격하는 중이었다.

"뭐야, 저 또라이는?"

유서희 본인도 모르게 튀어나온 말. 예전이었다면 그래도 필터링은 거쳤을 단어가 이제는 그냥 마구 튀어나왔다.

"강하네."

맹인일까?

눈을 감고 거구의 괴물들을 마구 죽이고 있었다.

어지간한 정예보다 강하다. 유서희와 김민식이 이끄는 진짜 '정예'와 비교해도 꿀리지 않을 정도다.

'저런 인간이 어디서 갑자기 튀어나온 거지?'

왜 마법을 저따위로 쓰는 건지는 몰라도 흥미가 갔다.

유서희는 '인류 최강의 검희'라 불리는 몸이다.

한데 저 눈을 감은 남자가 사용하는 검술이 묘하게 눈에 익었다.

'내가 사용하는 검술이랑 같은 거 같은데?'

유서희는 자신의 검술이 어디서 시작됐는지 알지 못한다. 누가 가르쳤고 그게 누구인지. 알고 있었던 것 같은데, 강제로 지워진 느낌이었다.

여태껏 자신과 같은 극단적인 검술을 사용하는 사람은 본 적이 없다.

그런데 엄청나게 비슷한, 거의 같다고 해도 무방할 정도의 검술을 저 남자가 사용하고 있는 것이다.

쿠아아아앙!

그때, 핵이 터진 것처럼 거대한 버섯 모양의 폭발이 일어나며 전장을 휩쓸었다.

"라, 라우페다! 진격의 라우페가 나타났다!"

"마법병단! 모든 마법을 쏟아부어라!"

"방패전사는 앞으로!"

"앞으로!"

진격의 라우페!

그 가공할 악마가 모습을 드러낸 것이다.

유서희도 고개를 돌렸다.

폭발이 일어나고 버섯구름이 일자, 그 위로 거대한 뿔을 가진 데몬로드, 라우페가 하늘에 떠 있는 채 지상을 내려다보고 있었다.

꿀꺽!

유서희는 긴장했다. 라우페는 러시아를 몰아붙인 괴물 중의 괴물이다. 인간 군영이 완전히 합류하기 전에 쓸어버릴 작정으로 직접 나타난 듯싶었다.

데몬로드쯤 되면 자잘한 군단으로는 상대할 수 없다.

오로지 정예. 정예만이 필요하다.

그리고 거기엔 유서희도 포함되어 있었다.

검에 묻은 피를 털어내며 라우페에게 달려가려 할 때였다.

'쟤는 왜 저기로 달려가는 거지?'

맹인 남자가 무서운 속도로 질주하고 있었다.

그 속도가 얼마나 빠른지 유서희의 눈에도 거의 보이지 않을 정도다.

라우페가 맹인 남자를 쳐다봤다.

그 순간.

쿠오오오오오오오오오!

남자의 전신이 작열하며 타들어 가기 시작했다.

콰아아아아아아앙!

이어 남자가 자폭이라도 한 것처럼 라우페의 앞에서 터졌다.

그 폭발은 라우페가 일으킨 폭발보다 더욱 커다랬고, 범위에 있는 괴물이란 괴물들은 모조리 녹여 버릴 정도로 강렬한 불의 마법이었다.

저런 마법은 유서희도 처음 봤다.

보는 순간 전율이 일 정도의 마력이라니.

그 천하의 라우페조차 움찔한 것 같지 않은가.

"……."

"……."

"……?"

하지만 시간이 지나며 유서희는 고개를 갸웃할 수밖에 없었다.

뭐지?

"흐하하! 멍청한 놈! 범위를 생각하지 못하고 자폭했구나! 내게 닿지조차 못하다니 말이다!"

그렇다. 정작 괴물들은 죽였지만 라우페에게 닿진 않았다.

라우페가 코웃음을 쳤다. 하지만 맹인 남자가 죽은 건 아니었다.

오히려 멀쩡한 모습으로 라우페의 앞에 다시 나타나더니 고개를 저었다.

순간 라우페가 전투태세를 취했다. 방금 전 마력, 스스로의 희생으로 말미암아 발현한 마법이 아니라면 상상을 초월하는 마법사라는 거다.

"거기 있었군."

다시금 남자의 몸이 작열하기 시작했다.

이어 가슴팍에 손을 뻗더니 기다란 빛의 창 하나를 꺼냈다.

그리고 이번엔 정확하게, 라우페가 있는 방향을 향해 창을 냅다 던졌다.

쉬이이이이이이이이이잉-!

쿠아아아아아아아아아앙!

굉음을 내며 달려 나간 창이 라우페의 반신을 순식간에 꿰뚫었다.

반응할 시간조차 없었다. 어어 하는 순간에 라우페는 반신을 잃었다.

라우페조차 어이가 없는지 반신을 잃고도 가만히 맹인 남자를 바라보고 있었다.

"네, 네놈, 뭐 하는 놈이냐?"

"아직 살아 있나?"

"나를 놀리려는 것이냐!"

라우페의 남아 있는 반신이 마력으로 가득 찼다. 신체가 재생된 것은 아니지만 없어진 신체를 마력이 대신하여 지탱해 주는 것이다.

이윽고 라우페가 허공을 박차 뿔로 남자를 들이박았다.

콰아아아아아아앙!

거대한 폭발.

닿으면 무엇이든 사라져 버릴 것만 같은 충격!

"……."

하지만 그 속에서도 남자는 별다른 피해를 입지 않은 듯했다.

오히려 남자는 고개를 끄덕이며 여유롭게 말했다.

"이 정도인 모양이군."

"너, 너는 뭐냐! 정말 인간이 맞는 거냐?"

라우페가 당황했다. 자신의 공격이 통하지 않을 거란 생각은 전혀 못 했다는 듯.

"……뭐야 저건?"

놀라긴 유서희도, 지켜보는 모든 이도 똑같았다.

유서희는 입을 헤 벌리고 넋을 놓은 채 남자에게 시선을 던졌다.

저 괴물은 대관절 뭐란 말인가.

라우페의 뿔은 모든 걸 관통하고 터뜨리는 힘을 지녔다. 뿔이 존재하는 한 라우페에겐 어떠한 공격도 통하지 않는다. 여태까지의 정설은 그랬다.

'정설이 통하지 않는 존재.'

설마 그런 존재가 존재하리라곤 상상도 못 한 일이다.

그래서 라우페의 말살 계획엔 정예들이 필요했다. 저 뿔에 타격을 줄 수 있는 스킬을 가진 사람들만이 미리 정해진 계획에 따라 움직이자고.

성공률은 30% 미만.

인류의 힘만이 아닌 그람과 엘리스, 라이라, 이그닐, 이타콰 등이 모두 합심하여야만 아슬아슬하게 30% 정도의 가능성이 나온다는 계산이었다.

다른 데몬로드와 달리 라우페의 저 '뿔의 장막'을 뚫어낼 수단이 거의 없었기 때문이다.

그런데 맹인의 남자는 그딴 건 상관없다는 듯 무차별적으로 진격의 라우페를 몰아붙였다.

"저게…… 말이 돼?"

뿔의 장막이 막아내는 방어량보다 더한 마력을 보유한 자만이 가능한 일.

S클래스 이상의 스킬과 120이 넘는 마력이 있어야만 저 장막을 뚫어낼 수 있다는 결론에 도달할 수 있었다.

말하자면, 남자는 둘 중 하나를 가졌거나 둘 다 가졌다는 뜻이다.

더욱 놀라운 건 맨손으로 밀어붙이고 있다는 점이었다.

마력을 가동하자 기존에 쥐고 있던 검이 녹아버린 탓.

"받아요!"

유서희가 빠르게 다가가 자신이 쥐고 있던 검을 던졌다.

검사가 자신의 검을 던지는 건 자살행위와 같다. 절대로 저질러서는 안 되는 금기이며 자존심을 내팽개치는 의미.

특히 유서희의 검은 세계에서 가장 뛰어나다는 다섯 개의 검 중의 하나였다. 물론 '월천'을 이기는 검은 없지만…….

검을 받은 남자의 기세가 미칠 듯이 날뛰었다.

맹수. 적을 물어뜯어 죽이는 맹수의 몸짓.

'탈혼무정검……. 대체 정체가 뭐지?'

알 수 없다.

알 수 없지만, 지금은 남자가 유일한 희망이었다.

남자가 검을 쥐자 라우페의 저항은 끝이 난 것이나 마찬가지였다.

"어떻게 '위대한 별'의 '불'을 얻을 수 있었던 것이냐! 이건, 이건 말도 안 되는 일이거늘!"

라우페는 처참하게 밀렸다. 그 용맹하던 뿔이 잘리고, 지탱하던 마력조차 잃고서 몸의 절반만 남은 채 죽어가고 있었다.

남자는 시간이 지날수록 싸움에 익숙해져 갔다. 간혹 실수를 저지를 때도 있지만 싸움이 지속되자 그러한 것도 사라졌다.

이후 보인 모습은…… 투신(鬪神) 그 자체였으니.

'위대한 별의 불?'

세에엑!

남자는 조용히 검을 놀렸다.

라우페의 머리가 떨어지고, 생명의 원천이 꺼지는 것을 느끼며 유서희는 잠시 몸을 떨었다.

압도적인 격의 차이.

로드조차 벌벌 떨게 만드는 힘이 눈앞에 있었다.

라우페가 죽자 일시에 괴물들이 움직임을 멈췄다. 연합군도 멍하니 남자를 쳐다보고만 있었다.

"지금이다! 모두 공격하라-!!"

김민식 총사령관의 목소리가 전장에 울려 퍼진 다음에야 우리는 다음 발걸음을 옮길 수 있었다.

진격의 라우페가 죽었다.

그 사실 하나면 충분하다.

머리가 사라졌으니 남은 건 몸통뿐이라.

이마저도 저 남자에게 빼앗길 순 없다는 듯 모두가 무기를 빼 들었다.

생각보다 약했다.

아니…… 내가 생각보다 강하다고 말하는 게 정확할 것이다.

탑에 오르기 전에 내 수준은 최약체의 데몬로드와 버금가는 정도였다. 탑을 어느 정도 오른 이후, 지금의 나는 아마도 어지간한 데몬로드쯤은 가볍게 도살할 수준이 된 듯싶었다.

'진격의 라우페가 가진 능력치는 나와 비교하여 아주 떨어지는 수준은 아니었다.'

내 종합 능력치가 723. 라우페는 680에 달했다.

하지만 차이는 압도적이었다.

왜?

'능력치가 높아질수록 1의 차이가 극명해지기 때문에.'

단순히 100과 143이 아니다.

지금 내 수준에서 43의 차이는 하늘과 땅이라고 보면 될 것 같았다.

특히 지능과 마력이 높아 라우페의 방어를 뚫고 공격을 막을 수 있었다.

진격의 라우페. 로드 서열 5위. 그는 아르하임의 파벌에 속해 있었다.

그 위로는 이제 파벌의 수장들 셋을 포함해 넷만 있을 따름이었다.

'안달톤 브뤼시엘, 제로, 아르하임. 그들의 성장은 일반 로드들과 비교해 현격할 것이다.'

그래도 안심해선 안 된다. 수장들은 모든 포상 등을 독식했을 것이기에. 그 힘의 차이에 있어서 라우페와 비교가 안 될 터였다.

어쩌면 정말로 펜리르나 헬의 제안을 심각하게 고려해 봐야 할 수도 있다.

우르르르!

그때였다.

가만히 지상에 서 있는 나를 중심으로 수많은 사람이 모여들었다.

그들은 잔뜩 긴장한 채 여러 가지 감정이 뒤섞인 모습으로 손에 땀을 쥐고 있었다.

"당신은…… 누구십니까?"

한 가지 확실한 건, 라우페를 죽인 이후부터 어느 정도 내게 부여된 '혼란'이 해결됐다는 점이다.

이는 놀라운 일이었다.

펜리르나 헬과 통하지 않고도 혼란을 해소할 방법을 찾은 거다.

물론 '소리'에 한정했다. 하지만 이 정도면 충분하다.

"라우페와 싸우는 것을 보았소. 그대는 우리 인류의 편이요? 보아하니 일반적인 사람은 아닌 듯싶은데!"

"저자도 데몬로드 아닙니까? 데몬로드들은 파벌을 나누어 싸우고 있다고 들었습니다!"

"데몬로드라면 죽여야 한다! 지금이 절호의 기회야!"

그들의 반응은 격했다.

그럴 수밖에.

수많은 사람이 죽고, 수많은 괴물을 죽였다.

잔뜩 흥분한 상태에서 나와 같은 존재를 바라보는 눈빛엔 온갖 희비가 교차할 수밖에 없었다.

"그만!"

뚝!

거짓말처럼 소란이 잠재워졌다.

이 목소리. 나도 알고 있는 사람이다.

'김민식.'

민식이 녀석이었다.

녀석이 인파를 헤치고 내 앞으로 다가왔다.

"너는 누구냐. 이름을 대라."

녀석도 나를 기억하지 못했다.

하기야, 누구도 나를 기억하지 못하고 있었다.

심장에 비수가 꽂힌 듯 아파 왔다. 망각의 저주는 생각 이상 으로 고독한 것이었다.

"오한성."

"오한성? 처음 들어보는 이름인데. 정말 인간이 맞는 건가?"

민식이는 나를 경계하고 있었다. 만약에 대비해 가슴팍에 손을 집어넣었다. 바로바로 반응을 하기 위해서다.

내가 라우페와 싸우는 걸 봤으니까.

더불어 사람들을 뒤로 물리고, 언제든지 그들을 구할 행동을 취했다. 지도자의 올바른 모습이다. 자신의 희생조차 마다하지 않겠다는 영웅의 면모라 할 수 있겠다.

"나는…… 인간이다."

"어디 소속이지?"

답하지 않았다. 있을 리도 없고, 있어도 어차피 기억하지 못할 테니.

분위기는 더욱 싸늘해졌다.

여차하면 정말 무기를 뽑아 들겠단 의지가 느껴졌다.

불확실한 힘은 모두에게 공포를 준다. 만약 적대하겠다면 필사의 각오로 맞서겠단 의미. 내가 라우페와 싸우는 걸 봤음에도 녀석은 물러나지 않았다.

"제가 아는 사람입니다!"

"……?"

나를 아는 사람이 있다?

빠르게 김민식의 옆으로 떨어지는 인영이 있었다.

유서희였다.

"아는 사람이라고?"

"그 검! 제가 잠깐 빌려준 거예요."

내가 들고 있는 검은 유서희가 갑자기 던져 준 게 맞았다.

덕분에 라우페를 더욱 쉽게 죽일 수 있었다.

김민식은 한참이나 내가 든 검을 바라보더니 여전히 의아하다는 듯이 물었다.

"검은 검이고, 너는 너다. 어떻게 알게 된 거지? 자세하게 말해야 할 것이다."

"그건 여기서 말하기는 좀…… 그렇습니다만. 하지만 나쁜 사람은 아니에요. 그죠?"

내게 동의를 구하는 건가?

어쩌면 그렇게 믿고 싶은 건지도 모르겠다.

하지만, 유서희의 말투에는 확신이 가득 차 있었다.

나를 기억하는 건 아니겠지만, 그럼에도 내게서 무언가를 본 모양이다.

"나쁜 사람이 아니다?"

"아, 그렇다니까요. 사람 정말 못 믿으시네. 그죠??"

툭툭.

가볍게 유서희가 내 어깨를 쳤다.

"그죠???"

"나는…… 착한 사람이다."

"봐요!"

어쩔 수 없이 장단에 맞춰줬다. 김민식은 품에서 손을 빼더니 나와 유서희를 번갈아 쳐다보며 이야기했다.

"우리끼리 이야기를 조금 했으면 좋겠군."

좁은 밀실이었다.

마법을 방어하고자 온갖 술식이 새겨진 이곳은, 특별한 일이 있을 때에만 개방하는 장소였다. 예컨대 인류의 행방을 결정하거나 거대한 재앙과 맞서는 계획 등을 세울 때.

김민식은 지금이 그와 같다고 판단한 것이다.

"어디서, 어떻게 알게 된 거지?"

"그건…… 비밀이네요."

유서희가 어물쩍 넘어갔다.

김민식은 이마를 짚었다. 유서희. 지난 몇 년 동안 제법 어른스러워졌다 했더니 다시 철부지의 모습이 떠오른 것이다.

왜? 왜 남자를 감싸는가.

"라우페를 암살했다. 그만한 인간이 실존할 리 없다. 강찬과 마찬가지로 이세계의 인물인가?"

강찬은 심연을 넘어왔다.

하지만 강찬의 태생은 이곳이 아닌 다른 세계다. 칠 대 죄악 중 하나인 '나태'와 함께 봉인되어 여기로 흘러들어 왔을 뿐이라고 그는 말했다.

그와 같은 케이스라면…… 그래도 이해가 안 되는 건 마찬가지였지만.

'인간이 데몬로드를 일대일로 이긴다고?'

아서라. 그게 가능했으면 이 고생은 안 한다. 인류의 최강 영웅이라 떠받들어지는 자신도 데몬로드의 공격을 1:1로 커버할 순 없었다.

"나는 이 지구의 인간이다. 하지만 심연 속에서 오랜 시간을 보냈지."

"심연에 있었다……. 유서희, 너는 심연을 들어가 본 적이 없을 텐데."

유서희가 멋쩍은 듯 머리를 긁적였다.

"텔레파시? 같은 게 통했다니까요."

"말이 되는 소리를 해라."

김민식이 타박을 주자 유서희가 혓바닥을 빼꼼 내밀었다.

이 녀석, 그동안 '어른인 척'을 했던 거다. 왜 난데없이 본성을 보여주는 건지는 몰라도.

"게다가 저랑 같은 검술을 사용했어요. 탈혼무정검. 같은 유파가 분명해요."

"유파도 있었나?"

"뭐, 있었나 보죠. 야차가 얘기해 준 건데 죽은 십이나찰 중의 한 명이 이 비슷한 검법을 사용했다고 하더라고요. 이름이, 월천이었나?"

"농담을 할 때가……."

김민식이 한숨을 푸욱 내쉬었다.

그래도 같은 검술을 사용한다는 건 꽤 값진 정보다.

유서희의 말이 사실이라면 이 남자에 대한 경계를 어느 정도는 풀어도 될 테니깐 말이다.

"정말 같은 유파인가?"

같은 유파는 유파다.

유서희. 그 작던 소녀에게 검술을 가르친 게 나니까 말이다.

쾌검을 위주로 가르쳤지만 워낙에 재능이 뛰어나 탈혼무정검도 대략적이나마 알려주었다. 설마 그걸 본신검법으로 사용하고 있을 줄은 나도 몰랐다.

"나는……."

쿠르르르르릉!

순간, 지면이 흔들렸다.

크롸아아아아아아앙-!

거친 포효.

"사, 사령관님! 암흑룡이 나타났습니다! 그, 그런데 크기가 장난이 아닙니다!"

머지않아 경비를 서던 보초 하나가 헐레벌떡 달려왔다.

동시에, 모두의 머릿속으로 목소리 하나가 들려왔다.

-나는 지저의 수호자, 그라디아이니라. 너희들이 내 아들을

이곳에 가두고 있는 것을 안다. 내놓지 않으면 너희를 모조리 불살라 버리리라.

그라디아……!

모든 사람들의 머릿속에 목소리를 흘려 넣다니. 대마법사라 칭해지는 존재도 힘든 재주다. 하물며 지하 깊숙한 곳에서도 느껴지는 압박감은 장난이 아니었다.

그런데 아들을 가둬뒀다?

인간 진영에 있는 용은 두 마리뿐이다.

이타콰와 이그닐. 둘 다 암흑룡은 아니었다.

아들이라 칭할 존재는 전혀 없었다.

그때, 오한성이라 스스로를 소개한 남자가 자리에서 일어나며 말했다.

"아무래도 내가 나가봐야겠군."

마지막 경매에서 나는 지저의 용 한 마리를 구매했다.

그라디아.

'수호자'라 불리는 용이며, 모든 용을 통틀어 최강으로 손꼽아지는 존재!

초월자이며 데몬로드조차 발아래에 두는 막강한 용이다.

그리고 그라디아의 자식, 암흑룡은 멸제의 카르페디엠을 죽인 뒤 심장 등을 섭취한 적이 있었다.

　그래서일까.

　안 그래도 그라디아가 어디에 있는지 궁금했는데 직접 나를 찾아올 줄이야.

　쿠아아아아앙!

　암흑의 불길을 쏟아내며 지상을 위협하는 그라디아는 누구에게도 범접하지 못할 위엄을 뿜내고 있었다.

　그라디아의 눈이 새빨갛게 변한 상태였는데 누가 봐도 정상은 아니었다. 폭주기관차처럼 폭주하며 모든 걸 숯으로 만들어버릴 작정인 것 같았다.

　-오…… 내 아들……!

　하지만, 그러한 상태도 나를 보자 달라졌다.

　눈은 여전히 붉었다. 한마디로 광란 상태. 극에 다다른 분노와 애착이 그라디아의 정신을 좀먹은 것이다.

　그라디아는 사뿐히 나의 옆으로 내려앉았다.

　"워어!"

　"피해!"

　커다란 빌딩만 한 몸체인 탓에 지상에서 경계하던 사람들이 급히 물러났다. 나는 아랑곳하지 않고 그라디아를 바라봤다.

　-살아 있었구나. 살아 있었어! 암흑인들을 모조리 쓸어버릴

작정이었다만, 그들이 보이지 않아 걱정했다.

착각.

완연한 착각이다.

하지만 이러한 착각이 나쁜 것만은 아니다.

오히려 이런 식으로라도 나를 '기억'하고 있다는 게 더욱 놀라웠다.

'나는 완전히 지워진 게 아니었던가?'

그저 내 몸에서 풍기는 마력이나 냄새 따위로 알아본 것이겠지만, 그래도 믿기지 않았다. 게다가…….

퉁! 퉁! 퉁!

'분노가…….'

7대 죄악.

그중 검은 꽃의 형태를 한 반지, '분노'가 크게 흔들리기 시작했다.

내가 가지고 있는 7대 죄악은 4개. 폭식, 나태, 색욕, 분노다.

분노는 마지막 경매에서 구한 것이며 나의 '순수마력'을 이용해 나를 '분노 상태'로 만들었다. 나머지 죄악들도 이름에 걸맞은 쓰임새가 있었다.

한데, 이러한 현상은 처음 보았다.

'내가 아닌 그라디아에게 반응하고 있다.'

그라디아는 극도의 분노 상태였다. 자식을 잃고 암흑인들에

게 잡혀갔기 때문일까. 심지어 자식이라 착각한 나를 본 지금
도 그 상태가 풀리지 않았다.

이윽고 반지에서 붉은 기류가 흘러나와 나를, 그리고 그라
디아를 동시에 감싸 안았다.

[강대한 존재의 강렬한 '분노'를 읽었습니다.]

[천지인(天地人)은 모든 것과 통하는 길과 같습니다. 강제적으로
'분노 상태'에 돌입합니다.]

'아……'

순간 나는 '길'이 되었다.

동시에 이것들이 왜 '7대 죄악'이라 일컬어지는지 알게 됐다.

절제할 수 없기 때문이다. 누구도 감당하지 못하기 때문이
다. 그러한 성질이 내가 가진 직업, '천지인'과 합쳐지며 극대화
되었다.

왜 여태껏 이런 현상이 일어나지 않았었는가.

'탑을 오르며 변한 건 능력치만이 아니다.'

무언가가 더 변했다. '위대한 별'에게서 내가 무언가를 더 가
져온 것 같다. 위대한 별 역시 '모든 걸 담는 방주'의 역할을 했
으니, 나의 성질과 잘 맞는다.

또한 내가 탑에 가지고 간 이 죄악들이 내 성질에 변화를 더

한 게 분명했다.

"뭐, 뭐야?"

"아아아아!"

"화가 나! 화가……!"

"씨발! 안 그래도 너 마음에 안 들었어!"

하지만 나와 그라디에에서 비롯된 변화는 모두에게 영향을 끼쳤다.

인간 진영의 모든 사람이 서로를 처다봤다. 1%의 이성과 99%의 분노. 주먹을 쥐고, 무기를 꺼내며, 이윽고 서로 싸우기 시작했다.

-내 아들! 살아 있어서 기쁘기 그지없구나!

그라디아를 처다봤다.

한계에 다다른 분노가 뇌를 통째로 태워 버린 모양이었다. 하기야 처음 봤을 때도 정상적인 상태는 아니었지만.

"나는 네 아들이 아니다."

진실은 때론 잔혹한 것이다.

주먹을 쥐고, 선빵을 날렸다.

러시아에서 시작된 '이상 현상'이 점차 퍼져 나가며 세계 전역에 전염병처럼 번졌다. 정확하게는 민간인을 제외한 모든 '각성자'에 한정하여 말이다.

그리고 나는 그들 모두의 분노를 느꼈다. 느낄 수 있었다. 설명하기 어렵지만 지구에 남은 모든 각성자들의 분노와 내가 통한 느낌이었다.

더욱 놀라운 건 내가 분노를 가라앉히자 모든 각성자의 분노도 점차 낮아졌다는 점이다.

나와 각성자들이 통한다.

그것도 세계적으로.

'위대한 별은 본래 모든 각성자와 이어져 있지.'

그래서 최후의 전쟁이 끝나면 모든 각성자는 허물을 남긴 채 '위대한 별'로 영혼을 헌납하게 되어 있었다. 이것이 세계의 진실이었고, 그것을 타파하고자 고군분투하고 있었는데.

내가 그 통로를 공유하게 된 모양이다.

더 정확하게 말하자면…….

'하, 내가 모든 각성자에게 영향을 끼치게 되었다고?'

단순히 감정만이 아니다.

내 '분노'가 각성자들에게 통하자, 각성자들도 변화를 맞이했다.

나라는 '통로'를 거치며 그들의 영혼이 조금 더 성숙해지게 된 것이다. 영혼의 성숙함은 잠재력으로도 직결된다. 잠재력이 늘어나고, 특히 분노가 관여하는 '힘'이 크게 늘었다.

"힘이 6이나 올랐어."

"난 9…… 무, 무슨 일이 벌어진 거야?"

"갑자기 화가 나더니 힘이랑 잠재력이 올랐다고!"

사상 초유의 현상.

희생이 없지는 않았지만, 다행히 분노를 빠르게 가라앉힐 수 있어서 피해가 막대하진 않았다.

남은 사람들은 갑작스럽게 늘어난 능력치와 잠재력에 눈을 휘둥그렇게 떴다.

'그럼 나머지 죄악들도?'

폭식, 나태, 색욕.

내겐 남은 죄악이 세 개나 있었다.

문제는 발동 조건이다. 분노는 그라디아의 분노에 의해 발현되었다.

그렇다면 나머지도 비슷할 것이다.

'이런 식으로 인류의 성장에 기여하게 될 줄이야.'

나 혼자 모든 로드와 괴물들을 처리할 순 없다. 혼자서 다 죽일 수 있었다면 왜 데몬로드들이 수많은 부하를 둬가며 자신의 성을 만들겠는가.

인류의 성장은 곧 그들과의 경쟁력에서 우위를 가져갈 수 있다는 것을 뜻했다. 내게도 나쁜 일은 아니다.

아니, 오히려 바라 마지않던 일이다.

지금 인류와 로드들의 균형은 겨우 맞춰지고 있었다.

하지만 인류는 한 번만 실수해도 끝장이다. 아슬아슬한 외줄 타기.

내가 지구 모든 곳을 커버할 순 없으니 인류의 성장을 이끌어내야 한다.

'내 힘도 미미하지만 올랐고.'

1.

적다면 적은 수치지만, 이미 146에 다다르던 수치가 147이 된 것이다.

무엇보다 잠재력이 올랐다.

잠재력!

560이 내게 주어진 한계치였다. 그마저도 탑을 오르며 모두 채웠다. 더 이상 순수 능력치만 가지고 성장할 길이 없었는데, 그 길이 열린 셈이다.

'잠재력은 10이 올랐다.'

부르르!

더 강해질 수 있다. 더, 더, 더 위를 볼 수 있다.

7개의 모든 숙제를 끝내면 70이 오른다는 말.

그 정도면…… 이 전쟁을 끝낼 수 있을 것이다.

'폭식.'

다음 차례로 그나마 내게 익숙한 죄악을 골랐다.

폭식은 내가 가장 많이 사용한 죄악. 장갑 형태로 만들어졌으나 그 안엔 광활한 공간이 있었다.

수많은 것을 먹고 다시 뱉어낼 수 있는 능력을 갖고 있었는데, 이러한 폭식의 특성이 '문'을 통해 모든 각성자에게 전해지려면 무엇을 해야 할까.

'그라디아의 분노에 반응했다지만, 그것이 굳이 제삼자일 필요는 없을 터.'

요는 내가 분노하고, 내가 폭식을 행하면 되는 일이다.

문제는 '극에 달한 폭식'의 상황을 만들어야 한다는 건데.

너무나도 허기가 져서 나는 나 자신을 잡아먹을 뻔한 적이 있었다. 그때 한 번 폭식의 상태가 발현됐다. 말인즉, '극도의 허기' 상태를 만들 필요가 있다는 거다.

'힘이 부족한 상태를 만들려면 소모를 해야 하지.'

위험하지만, 할 만하다. 가장 중요한 건 어디까지나 '나의 상태'이므로. 내가 극복한다면 모두 극복할 수 있을 것이다.

자…… 그렇다면 내가 가진 힘을 어디서 '소모'할 것인가.

내 몸은 일 년 내내 굶어도 물만 있으면 허기짐을 느끼지 않는 수준이었다. 억지로 쥐어짜 낼 필요가 있었다.

'다음 적이 쳐들어오기 전까지.'

내가 가진 모든 죄악. 그 감정을 '문'을 통해 각성자에게 전하겠다.

"그라디아."

가만히 그라디아를 불렀다.

본래라면 이타콰나 이그닐을 불렀을 테지만…… 지금은 참아야할 때.

-오오, 내 아들아. 나를 부르느냐?

지저의, 지고의 용이 이 정도로 맛이 갔을 줄은 몰랐다.

한참을 얻어맞고도 이 모양이다. 도리어 '내 아들이 이 정도로 성장했구나!' 하며 좋아했다. 덕분에 일은 더 편해졌지만.

나는 그라디아의 위에 올라타 하늘을 가르며 '문'을 넘었다.

심연.

그곳에 길이 있을지어니.

십이나찰.

그들은 현재 이곳 '야차국'의 결정권자다.

야차들은 던전을 모두 궤멸시키고, 그곳의 생태계에 뿌리를 내리며 던전을 자신의 나라로 만들었다.

하지만 '대라선'이 사라져서 그들을 이끌 지도자가 없었다. 하여, 십이나찰은 모든 문을 틀어막고 온전히 내실을 다지는 데에만 힘썼다.

"오룡의 소식은 들려오지 않는가?"

거대한 목조로 이루어진 회의실.

열두 명의 나찰이 모여앉아 있었다.

그중에는 이제 막 나찰의 자리에 오른 자도 있었다.

본래라면 '오룡'들이 차지했어야 할 자리지만, 오룡들은 그 자리를 마다하고 지구로 갔다.

염마천(閻魔天)이 말하자 수천(水天)이 받았다.

"그 배신자들에 대해선 별로 듣고 싶지 않군."

"배신자라니. 말이 너무 심하지 않습니까?"

그리고 새로운 화천(火天)에 등극한 구화랑이 인상을 찌푸렸다.

구화린의 오빠인 구화랑은 내키지 않는다는 표정을 지었다.

"그 아이들이 지구로 향한 건 우리가 우리엘 디아블로와 맺은 '조약' 때문입니다. 그 아이들 덕분에 우리는 우리의 터를 만들 수 있었습니다. 모두 잊은 건 아니겠죠?"

"하지만 우리엘 디아블로는 죽었다! 그가 죽으며 조약은 사라졌어!"

"맞아. 우리까지 그 '최후의 전쟁'에 끼어들 필요는 없어."

"애당초 그들이 시작한 전쟁이다. 우리도 그 괴물들…… 둠으로 인해 터를 잃었다."

십이나찰들 대다수가 반발했다.

우리엘 디아블로가 죽었으니 그와 맺은 조약은 사라졌다는 거다.

하지만 엄연히 그의 자식인 라이라 디아블로가 살아 있었다. 본래라면 그녀를 따라 모두 지구로 향했어야 했다. 화천, 구화랑은 상을 내려치며 버럭 화를 냈다.

"오룡은 우리의 마지막 자존심입니다! 그 아이들이 나찰의 자격을 포기하자 더 좋아하지 않았습니까? 그런데 이제 와서 배신자라니!"

"그러는 그대도 화천의 자리를 잇지 않았는가?"

"저라도 여기 없으면 누가 그 아이들을 돌봅니까! 저라도 표를 던져야 얼토당토않은 일들을 막을 수 있는데요!"

"화천도 고집이 세군."

"구화린 때문이겠지. 유일한 여동생이니."

애당초 십이나찰은 의견을 내는 자들이 아니다.

하지만 대라선이 없어져서 평생 하지도 않던 일들을 하고 있는 것이다.

대라선. 대라선이 필요하다.

대체 어디로 간 걸까?

두 개의 뿔을 가진 염마천이 말했다.

"어차피 살아 돌아오지 못할 것이다. 그들이 말하는 '최후의 전쟁'은 우리와 상관없는 것이야. 우리는 우리끼리 살아가면 된다. 여태까지 그래왔지 않나?"

"그래, 이곳 던전에 있으면 입고, 먹고, 머무는 모든 게 해결된다. 굳이 위험을 자처할 필요는……."

"야차의 혼이 모두 죽었군요. 죽었어요. 통탄할 노릇입니다!"

화천이 대놓고 혀를 찼다.

야차. 불굴의 전사들. 그들이 주저하고 있었다.

그 두려운 대아귀들을 상대로도 잘만 싸우던 그들이 왜 이런 상태가 된 걸까.

대라선이 없어서, 그리고 '둠'의 여파가 남아 있어서다.

구화랑이 버럭 소리를 내질렀다.

"본래라면 '둠'을 죽여야 하는 것도 우리였습니다! 하지만 우리엘 디아블로가 죽였죠! 그와 함께 죽었다고요! 우리의 복수를 대신해 준 자가 죽었다고 약속마저 내팽개치다니, 창피하지 않습니까? 저는 창피해 죽겠습니다!"

"크흠……."

"말이 너무 심하군."

그래도 고칠 생각을 안 한다.

하지만 뜻에 동조해 줄 나찰이 몇 없다. 모두가 저들과 같은 의견인 건 아니지만 대세와 거리가 멀었다. 과반수의 표를 얻지 못하면 아무것도 못 한다.

'이 망할 집구석, 확 엎어버려야…….'

구화랑이 이를 갈며 주먹을 부들부들 떨 때였다.

꽈아아아아아아앙~!

거대한 폭음.

십이나찰 모두가 창밖으로 시선을 던졌다.

동시에, 성의 외곽을 부숴 버린 거대한 용을 보았다.

그 용 위에 탄 남자를 보았다.

남자는 말했다. 그의 목소리가 성의 내부에 쩌렁쩌렁 울려 퍼졌다. 용언. 용의 말이라 칭해지는 절대적인 언어로!

"너희, 왜 이곳에 가만히 있는 것이냐."

그는 무척이나 화가 나 보였다.

돌아온 직후부터 든 의문이었다.

야차가 없다. 나찰이 없다. 왜?

대라선인 나는 분명히 우리엘 디아블로를 나와 같이 여기라 고 했다. 비록 우리엘 디아블로가 죽었어도 라이라가 그 조약 을 계승했어야 옳다.

라이라는 당연히 그들 또한 지구로 데려가려고 했을 것이 다. 그람과 엘리스, 이그닐과 이타콰까지 데려갔으니 반드시 승리할 목적이었을 터인데.

승리를 목적으로 했다면 야차와 나찰도 지구에 있어야 했 다.

'하지만 없었지.'

오룡을 제외하면 전무했다.

그들이 의도적으로 라이라를 따르지 않은 것이다. 아니면 자기합리화적인 변명을 내놓았든가.

그 이유가 궁금했고, 그래서 내가 찾아왔다.

"너는 누구냐."

가장 먼저 내 앞에 모습을 드러낸 건 십이나찰 중 하나인 염마천이다. 이 목소리, 이 마력. 본 적이 있다. 두 개의 뿔에서 뿜어내는 독기는 제법 인상적인 것이었다.

"어째서 지구로 향하지 않은 거지?"

"무슨 소리인지 모르겠군. 문을 부수고 무사히 돌아갈 수 있을 거란 생각은 마라."

염마천이 투기를 발산한다. 싸우고자 하는 의지.

투백(鬪魄)이라 해야 할까. 약자였다면 저 의지를 느낀 것만으로도 졸도했을 것이나 나는 가볍게 조롱해 보였다.

"격의 차이도 느끼지 못하다니, 너는 야차도 나찰도 아니로구나."

야차와 나찰. 그들은 전사다. 전사는 기본적으로 적과 자신을 재단할 줄 알아야 한다. 그리하여 필승법을 고민해야 하는 법이었다.

하지만 염마천은 그러지 않았다. 그러지 못했다. 전사의 소양이 죽어버렸기 때문이다.

이 얼마나 같잖은 일인지.

안락에 취해서인가? 이곳 던전은 나찰산과 달리 대아귀와 같은 천적이 없으니 찌들어버린 것일까.

"그 입, 찢어주지."

염마천이 두 개의 뿔에서 독기를 뿜었다. 뿜어낸 독기로 전신을 감싸곤 그대로 돌진하여 내게 주먹을 뻗었다.

쿵!

독의 파장.

"⋯⋯!!"

염마천의 이맛살이 구겨졌다.

내가 지그시 염마천의 주먹을 맞잡은 탓이다. 한 치도 밀리지 않고 그의 독기에도 전혀 영향을 받지 않았다.

그럴 수밖에.

'격의 차이.'

탑을 오르며 나는 강해졌다.

인류도 강해졌다. 3년간 무수히 많은 전쟁을 치러서.

하지만 야차는? 나찰은?

그들은 그냥 던전에 있었을 뿐이다.

꽈득!

그대로 팔을 꺾었다.

그리고 옆으로 엎어지기 직전에 염마천의 뿔 한쪽을 쥐고는.

빠각!

부러뜨렸다.

"크아아아아아아악!"

염마천이 비명을 내질렀다. 뿔은 마력을 담는 저장소. 그것이 없어지는 충격은 처음 느껴봤을 것이었다.

그야 압도적인 능력치의 차이가 나니 당연한 일이었다. 하지만, 3년간 스스로를 갈고닦았다면 몇 수는 더 버텼을 터였다.

그대로 염마천을 바닥에 내던졌다.

쿵! 쿵! 쿠르르릉!

전각 몇 개가 박살이 나며 염마천의 몸뚱이가 벌레처럼 나뒹굴었다.

나는 가만히 팔짱을 꼈다.

반응으로 보건대 과연 그들도 나를 잊은 듯했다.

하지만 그라디아가 내게 남은 체취나 마력 따위로 나를 찾은 걸 보면, 저들에게도 내가 대라선임을 증명할 만한 무언가를 보여주면 될 것이었다.

어디까지나 '대라선'임을 증명하는 거다. 내가 '오한성'인 걸 알리는 게 아니라.

'증명하는 방법이 어렵진 않지.'

이전 대라선이 사용했던 부채가 있다. '파초선'이라 칭해지는 물건인데 오로지 대라선에게만 반응하는 물건이다.

그걸 한 번 휘둘러도 됐고, 내 귀 뒤에 새겨진 '인장'만 보여줘도 해결될 일이었다.

하지만.

'내키지 않아.'

이들이 알아서 찾아온 게 아니라 내 발로 걸어왔다. 원래는 반대여야 했다.

그러나 내가 왔으니 벌을 줘야 한다. 애당초 그러기 위해 찾아온 것이었으니.

"이게 전부인가?"

"무슨 짓이냐!"

염마천을 제외한 십이나찰들이 나를 둘러쌌다.

그 밑에서 우르르 야차들이 몰려나왔다.

과연, 이 정도 숫자면 힘을 '소모'하기엔 적합하다.

"부디 나를 실망시키지 않기를 바라마."

그래도 3년간 발전을 아예 안 하진 않았을 것이다.

부디 그러길 바란다.

"쿨럭!"

구화랑은 무너진 잔해에 엎드려 피를 토했다.

뭐가 뭔지 모르겠다. 빛이 지나가면 느끼지 못하듯이 그가 옆을 지나가면 아무도 반응하지 못하고 있었다.

'꾸, 꿈인가?'

둠이라고 했던가.

그 빌어먹을 데몬로드도 이처럼 자신들을 유린하진 못했다.

주먹을 뻗으면 건물이 무너지고, 발을 디디면 지면이 움푹 파인다.

모기나 파리처럼 그의 파동에 쓸려 나갔다.

하지만 이보다 놀라운 건.

'우리를 가지고 놀고 있다.'

야차와 나찰이 한데 모였다. 이 전력이라면 능히 데몬로드도 칠 수 있다. 하지만, 저 남자의 움직임만은 잡지를 못하겠다.

무엇보다 저 용.

저 암흑룡이 그에게로 향하는 모든 길을 차단했다.

야차나 나찰을 죽이진 않았지만, 불구로 만드는 정도는 간단하게 해버려서 도무지 답이 나오질 않았다.

'시간이 얼마나 지난 거지?'

구화랑은 기절해 있었다. 다시 눈을 뜨니 십이나찰과 야차 대부분이 바닥에 드러누운 상태였다.

그리고 남자의 움직임도 눈에 띄게 느려져 있었다.

힘의 한계에 다다른 걸까?

"감히…… 억!"

"놈도 지쳤을…… 커헉!"

"물러나지…… 악!"

모두가 말을 끝맺기도 전에 쓰러졌다. 주먹만이 아니라 그는 병장술에도 조예가 깊은 듯 보였다. 야차나 나찰의 무기를 빼앗아 쓰기도 했던 것이다.

'집이 난장판이 됐군.'

한 번 엎어지길 바랐지만, 말이 씨가 되어 바로 시행이 될 줄은 상상조차 못 했다.

이윽고 절반을 한참 넘는 숫자가 바닥에 눕자 그에 대한 공격도 멈췄다.

모두가 느낀 것이다.

제대로 했으면 모두 작살이 났으리란 걸. 남자가 분명히 봐주고 있다는 걸…….

뚜벅! 뚜벅!

남자는 구화랑의 앞으로 걸어왔다.

구화랑은 전신에 힘이 들어가지 않아서 일어날 수가 없었다.

"……대체, 당신은 누구입니까? 누군데 우리를 이렇게 내모는 겁니까?"

"어째서 조약을 어겼지?"

"무슨 조약 말입니까?"

"우리엘 디아블로와 내가 맺은 조약을."

우리엘 디아블로와 맺은 조약?

그것은 그를 대라선처럼 여기며 따르기로 한 것이다.

하지만 우리엘 디아블로는 죽었다. 자연스럽게 조약도 해제되었다는 게 대부분 나찰들이 내뱉는 정설이다.

"그는 죽었습니다."

"라이라 디아블로는 살아 있을 텐데."

"그건…… 그녀에게 '월천'을 주었습니다. 그녀가 저희들의 임시 대라선입니다."

"그런데 왜 너희는 지구가 아닌 이곳 던전에 있는 거지?"

나찰들은 우리엘 디아블로가 생을 달리했던 장소를 샅샅이 뒤졌다. 그리하여 '월천'을 찾았고, 그것을 라이라에게 주었다.

그럼에도 왜 던전에 있는 것인가.

간단하다. 따라가지 않았기 때문이다.

"그녀는 우리가 선택하도록 했습니다. 나찰들 중 과반수의 표에 따라 우리는 이곳에 남기로 결정했습니다. 하지만, 조약을 잊은 건…… 그런데 그게 당신이랑 관계가 있습니까?"

"관계가 없어 보이나?"

없어 보인다.

하지만, 구화랑은 묘한 향수를 느꼈다.

왜일까. 왜 이렇게 익숙해 보이는 걸까.

남자가 손을 뻗어 자신의 귀를 젖혔다.

그러자 귀 뒤에 새겨진 검은 인장에서 빛이 발하기 시작했다.

빛이 발하자, 모든 야차와 나찰들의 심장이 빠르게 뛰었다. '전사의 보석'이라 칭해지는 그들의 심장이 말이다.

이런 경우는 한 가지뿐이었다.

있을 수 없고, 있어선 안 되는 일.

"대…… 라…… 선?"

"내가 너희들의 대라선이다."

구화랑을 비롯한 모두가 믿을 수 없다는 듯 눈을 휘둥그렇게 떴다.

하지만, 그들도 이상하다 생각하곤 있었다.

왜 대라선의 얼굴이나 이름이 떠오르지 않는 건지.

그래서 모두가 두려움에 떨었다. 누군가가 자신의 머릿속을 건드린 줄 알고 더욱 소극적으로 대처할 수밖에 없었다.

한데…… 나타난 것이다.

진짜 대라선이!

"대라선을 뵙습니다."

가장 먼저 상황을 파악한 구화랑이 무릎을 꿇고 고개를 숙였다.

그들의 조약을 알고 있으면서 이만한 무력을 가진 자. 하물며 대라선의 인장까지 빛을 발했으니 의심할 여지가 없다.

"대라선을 뵙습니다."

하나둘 무릎을 꿇기 시작하는 야차들이 나타났다.

마치 파도의 물결처럼 조금씩 번져 가면서 그들이 예를 다했다.

이윽고 모두가 무릎을 꿇자…… 그의 전신에서 피어난 불길이 모두에게 전해졌다.

"이름을 알려주십시오. 저희는 모두 대라선에 대한 걸 잊었습니다. 백번 죽어 마땅한 일입니다. 하지만 부디, 한 번만 더 기회를 주시길 바랍니다."

구화랑은 필사적이었다. 대라선에 대한 걸 잊다니. 미쳐도 단단히 미쳤다.

하지만 알아야 한다. 이 집안을 제대로 엎어버릴 마지막 기회였다.

그가 잠시 주저했다. 의아함을 느꼈으나, 이내 그가 무언가를 다짐한 듯 입을 열었다.

"오한성."

오한성. 이번에는 잊지 말기를.

구화랑은 두고두고 다짐했다.

힘의 '소모'를 끝낸 뒤 나는 계속해서 허기진 상태를 유지했다.

마력을 단절시키고 육체를 한계까지 몰아붙여 극한의 상황으로 몰아넣었다.

자연스럽게 '폭식'이 발동되자 나는 야차와 나찰들의 곳간을 모조리 털어먹었다. 먹고, 먹고, 또 먹으며 게걸스럽게 식욕을 뿜낸 것이다.

한번 발동한 식욕을 이겨내는 건 정말 어려운 일이었다. 곳간을 비운 뒤에는 나는 홀로 동굴에 들어가 명상에 잠겼다.

입에서 침이 질질 흐르고 정신이 까마득해졌지만 폭식에 굴하진 않았다.

그렇게 며칠이 지났을까.

['폭식'을 이겨냈습니다.]

[체력이 1 올랐습니다.]

[잠재력 한계치가 10 증가합니다.]

내가 가진 '문'을 통해 각성자들의 괴로움이 전해져 왔다. 그들의 성장도 함께 느끼게 되었다.

동굴에서 나온 나는 모든 야차와 나찰들을 이끌고 다시금 지구로 향했다.

그리고 고민했다.

나태와 색욕.

이 중에 무엇을 먼저 달성할지.

'색욕.'

고민은 짧았다.

모두가 날 잊었다.

잊었다는 건, 다시 말해 나는 '무엇이든' 될 수 있다는 뜻이었다.

영웅도, 악당도, 지나가는 소시민조차도.

마음만 먹으면 모든 걸 할 수 있다. 야차와 나찰들을 데려온 뒤 가장 먼저 반응한 건 라이라였다.

"너희는 던전에 남아 있는다고 하지 않았느냐?"

"대라선께서 저희를 이끌고 이곳으로 오셨습니다."

"대라선?"

"이분이 저희의 대라선이십니다. 라이라께서도 잊고 계셨습니까?"

화친은 구화랑이 담당했다.

구화랑이 나를 소개하자 라이라는 잠시 당황한 기색을 흩뿌렸다.

하지만 잠시뿐이었다.

이내 그녀가 나를 향해 검을 넘겼다.

"……월천이다. 본래 대라선의 것이었으니 넘겨주는 게 당연한 거겠지."

월천을 넘겨받자 검신이 미미하게 떨렸다.

웃기는 일이지만, 월천만은 나를 기억하고 있던 모양이다.

라이라. 그녀는 여전히 나를 기억하지 못하고 있었다.

하지만 곤란한 일이었다.

지금부터 칠 대 죄악 '색욕'을 전파하려면 나 역시 그와 비슷한 상태가 되어야만 했다. 색욕의 화신이라도 되지 않는 한 발동하지 않을 걸 알기 때문이다.

'색욕의 화신이라니.'

막상 그 단어를 떠올리고도 고개를 저을 수밖에 없었다.

색욕. 그야 나도 남자다. 없다면 거짓이다.

과거 최후의 영웅이었을 땐, 실제로 오는 여자 마다하지 않았던 적도 있었으니까.

"하지만 이상한 일이로군. 대라선에 관한 기억이 없다니. 한데 유서희가 데려왔다고 한 남자가 대라선이었을 줄이야……."

"재차 인사하지."

심호흡을 한다.

그래도, 그럼에도, 이 악수는 나와 라이라의 재접점이었다.

돌아온 이후 나는 라이라 앞에 다가간 적이 없었다. 의도적으로 그녀를 피했다고 보는 게 옳을 것이다.

마주할 자신이 없어서.

나를 정면에서 기억하지 못하면 숨이 멎을까 봐.

하지만…… 언제까지 피할 수는 없는 법.

과감하게 손을 내밀었다.

"함께 싸워준다면 나로서도 환영하는…… 음?"

라이라가 내 손을 맞잡았다.

그러자.

[강렬한 '색욕'이 생성되었습니다.]

[천지인(天地人)은 모든 것과 통하는 길과 같습니다. 강제적으로 '색욕 상태'에 돌입합니다.]

미친!

당황스러웠다. 누구라도 당황스러워 할 것이다. 그저 손을 잡은 것만으로도 '색욕' 상태에 들어가다니.

쿵! 쾅! 쿵! 쾅!

전신에 피가 빠르게 돌기 시작했다. 전례가 없었을 정도로.

심장박동이 폭탄 터지는 소리처럼 귓가를 간질였다.

피부가 붉어지고, 땀이 송골송골 맺히며, 내 눈은 어느새 라이라만 집중적으로 바라보게 되었다.

"모, 몸이······."

"허억! 허억!"

이런 나의 변화는 온전히 나 혼자만의 변화로 국한되지 않았다. 이번에는 더 강도가 강했다. 준비하지조차 못하고 기습적으로 변화가 생겨서일까. 인간 각성자만이 아닌 야차와 나찰 등, 내 주변의 모든 이가 변화를 겪었다.

그래, 라이라마저도 말이다.

"무슨 짓을······!"

라이라는 이 모든 변화의 중심에 내가 있다는 걸 단박에 알아차렸다.

나 역시 내심 크게 당황하는 중이었다.

이만한 색욕이 몰아친 경험은 이번이 처음이다.

한 번도 겪어보지 못한 일. 본능이 이성을 짓누르려고 하고 있었다.

'내가 자제심을 잃으면.'

어떻게 되지?

하지만 내가 지금 겪는 색욕, 발정은 모든 여자에게서 느끼는 게 아니었다.

오로지 라이라. 그녀를 향해 있었다.

이런 나의 심중이 모든 각성자에게 반영이 된다면 마음에 두고 있었던 이성에게 강력하게 끌릴 가능성이 높았다.

"아……!"

하나둘 자제력을 잃어갔다.

그간 마음에 있었던 이성들이 서로 부둥켜안고 입을 맞추며 사랑을 확인했다.

낯간지러운 소리를 아무렇지도 않게 발설하면서 애정 공세에 들어간 것이다.

인간도, 야차도, 모든 종족이.

한마음 한뜻으로 말이다.

부르르르를!

하지만, 나의 격동은 그 누구보다도 컸다.

가슴이 뜨거웠다. 참을 수 없는 열기가 가슴을 적시고 있었다.

이내 가슴에서 번진 불이 내 심장을 격렬하게 뛰게 만들었다.

아! 이건 창이다. 창의 힘이었다.

'루의 창.'

루의 창, 그 빛으로 이루어진 거룩한 창이 나를 뒤흔들고 있었다.

왜?

'이 창은 라이라의 것이다.'

공명이었다.

서로가 비슷한 상태에 놓이자 루의 창이 공명하기 시작했다. 이 공명은 서로를 끌어당기는 촉매 역할을 했다.

더욱 강렬하게 서로를 염원하고, 더욱 강렬하게 서로를 매혹시키는 힘.

우리는 서로의 눈을 쳐다봤다.

이 강제력을 이길 수단이 없다는 걸 둘 다 본능적으로 깨달은 것이다.

빛의 창이 우뚝 솟았다.

그리고 솟아난 창이 천천히 라이라를 꿰뚫었다.

"아……!"

라이라가 탄성을 내뱉었다.

"너, 너는, 대체 뭐지? 왜 이런 기억들이……!"

그리고 짐짓 당황하며 횡설수설하기 시작했다.

하지만 말을 끝맺지 못했다.

내 입술이 그녀의 입술을 덮어버렸기 때문이다.

라이라가 가슴팍을 밀어내려 했지만, 이내 어깨에 힘을 빼고 눈물을 주르륵 흘렸다.

그 눈물의 의미를 당장은 알 수 없었지만.

'모르겠다.'

에라, 모르겠다.

충격적인 하루였다. 모두가 이성을 놓고 미친 듯이 이성을 탐한 시간. 세계적으로 일어난 이 작태에 수많은 말들이 오갔고 사람들은 이날을 '광란의 날', '허니문 데이'라고 불렀다.

급격하게 줄어가는 인구수. 긍정적으로 바라보는 시선도 없잖아 있었다.

누군가는 마력의 이상 때문에, 누군가는 최근 일어난 묘한 일들의 연쇄작용이라 생각하는 이들이 있었으나 그 누구도 결정적인 원인을 알지 못했다.

아니, 단 한 명.

라이라 디아블로를 제외하곤.

'이 기억들은 뭐지?'

빛의 창에 꿰뚫리며 알 수 없는 기억들이 넘어왔다.

그것은 자신이 알지 못하는 스스로의 모습과 오한성이라는 남자에 관한 것이었다.

그녀와 그는 함께 있었다. 하지만 지금의 라이라는 그 당시의 일을 기억하지 못한다. 아니면 교묘하게 기억이 달랐다.

'환상?'

환상일까?

그 남자가 자신에게 무슨 짓을 한 걸까.

그녀는 본래 성욕이 많은 편이 아니었다. 하지만 그 남자와 손을 맞댄 순간 활화산처럼 불탄 걸 부정하진 못한다.

결과적으로 둘은 어느 때보다 더 격렬하게 사랑을 나눴다.

라이라는 스스로의 뺨을 꼬집어 보았다.

현실. 아무리 봐도 꿈은 아닐진대.

"어머니."

그람이 찾아왔다.

그리고 그람은 그 남자와 함께였다.

오한성. 자신에게 혼란을 준 정체 모를 사람. 대라선이라고 했던가? 솔직히 여태껏 그녀가 대라선의 의무를 대신하고 있었지만, 야차나 나찰 대부분이 자신을 따르지 않았다.

그런데 그가 나타난 이후 거짓말처럼 그를 따르고 있었다.

"훈련은…… 잘되어 가니?"

라이라는 살짝 어색한 어조로 말했다.

전후 사정을 모르는 그람은 그런 라이라의 모습에 고개만 갸웃할 뿐이었다.

하지만 그것도 잠시.

"예, 선생님은 정말 대단하세요! 유서희 누나보다 검을 잘 다루는 사람은 처음 봤어요."

"오룡들과 함께 수련하고 있다던데, 불편한 점은 없고?"

"힘들지만 그만큼 나날이 강해지는 걸 느껴요."

그람이 뿌듯하다는 듯이 말했다.

그리고 그런 오한성의 뒤로, 엘리스가 붙어 있었다.

라이라가 눈을 휘둥그렇게 떴다.

'그렇게 낯을 가리던 아이가……'

오한성을 따른다. 인형을 꾹 안고서 말이다.

그러고 보면 묘하게 인형이 그를 닮아 있었다.

저 인형은 라이라가 직접 짜준 것이다. 하지만, 이상한 일이
었다. 우리엘 디아블로가 아닌 사람의 모양을 한 인형을 자신
이 짜줬다니.

'왜 이런 괴리감이 생기는 거지?'

최근 들어 더 심해졌다.

저 남자, 오한성이 나타나고부터.

게다가…… 그가 나타난 이후, 엘리스가 발작을 일으키지
않는다.

어딜 가든 따라다니며 가만히 바라만 보는 게 엘리스의 취
미가 되어버렸다.

소녀의 사랑에라도 빠진 건가 했지만, 그건 아닌 것 같았다.

"당신은……"

그래서 더욱 라이라도 오한성을 어떻게 대해야 할지 감을
잡지 못하고 있었다.

비록 단편적인 기억들이지만, 그녀와 오한성이 꽤 절친하게
지냈던 것 같은 기억들이 머릿속을 헤집고 있었기 때문이다.

"그날 일은 크게 생각하지 않아도 된다."

하지만 남자는 무심하게 한마디를 던졌다.

개의치 말라는 말.

더불어 미안하다는 말도 전해왔었다.

때문에 라이라는 더욱 복잡한 눈을 할 수밖에 없었다.

"그날 일?"

그람이 궁금해하며 묻자 라이라는 고개를 저었다.

"아무것도 아니란다. 그보다 공부할 시간 아니니?"

"어차피 필요 없는 거잖아요. 안 하면 안 돼요? 그보단 검술을 갈고닦는 게 더 도움이 될 거 같은데……."

라이라는 인간들과 교류하며 그들의 문화를 알게 되었다. 이 세계가 오기 전 그들의 문화 수준과 어떠한 삶을 살았었는지.

그리하여 라이라는 만약 이 전쟁에서 승리하거든, 심연이 아닌 지구에서 살 생각을 했다.

하지만, 단순히 그런 이유도 아닌 것 같다는 생각이 들기 시작했다.

어쩌면…… 지금 머릿속을 혼란케 하는 기억과도 연관이 있지 않을는지.

"해야 해."

"……알겠어요."

그람이 힘없이 고개를 끄덕였다. 어디에서 살든 기초 교양은 필요하다. 라이라는 그람이 어디에서라도 잘 적응하며 살기를 바랐다.

지금은 전시. 그러나 전쟁은 언젠가 끝이 난다. 그때 자신이 있으리란 보장이 없었다. 내일 당장 죽을지도 모르는 게 전장이니까.

라이라가 오한성을 향해 가볍게 고개를 끄덕여 보였다.

오한성도 마주 끄덕이며 등을 돌렸다.

그 등을 바라보는 라이라의 눈빛이 복잡하기 그지없었다.

이상하다. 정말로.

망각의 저주. 운명의 여신들은 절대로 이 저주는 풀리지 않는다고 말했다.

하지만 '그날' 이후 그녀가 나를 대하는 태도는 명백하게 이상했다.

'나에 대한 기억을 조금이나마 떠올린 것 같다.'

확신은 할 수 없다.

그러나 유추할 수 있는 행동들이 몇 가지 있었다.

하여…… 저런 현상에 다다를 수 있었던 이유가 뭔지가 궁금해졌다.

'루의 창.'

칠 대 죄악, 색욕과 관계된 것은 아닐 것이다. 그보단 루의 창이 더욱 연관이 짙은 것 같았다.

루의 창. 본래는 라이라와 그녀의 어머니, 반신 발키리의 창.

라이라는 나를 구하며 내 가슴에 이 창을 박아 넣었다. 이 창이 우리 둘 사이에 무언가 큰 변화를 만든 게 틀림없었다.

하지만, 궁금증은 있었다.

이 창의 효과가 라이라에게만 국한되는지.

더불어 한 가지 사실을 알게 됐다.

'내가 적이라 인식하지 않은 자에게 찌르면 물리적으론 손상되지 않는다.'

이 창이 공격적으로 작용하는 건, 내가 '적'이라 인식한 대상에 한해서라는 걸.

여태까진 머뭇거리고 있었다. 하나 이제는 머뭇거릴 시간도 없었다.

'시험해 보자.'

가장 먼저 찾은 건 강찬이다. '나태'와 함께 봉인되어 있던 남자.

"대라선 아니십니까? 이런 누추한 곳엔 웬일로?"

인간 군영이 밀집된 막사들 중 한 곳을 찾아갔다.

나는 이곳에서 '대라선'으로 통했다. 이젠 누굴 봐도 나를 대라선이라 말한다.

뭐, 틀린 말은 아니니 별생각은 없었다.

루의 창을 꺼냈다.

그러자 강찬의 눈이 휘둥그레졌다.

"자, 잠깐, 설마 그걸로 저를 찌르려고 하는 건 아니죠?"

"맞다."

쩌억!

"어억……!"

반응할 시간조차 주지 않았다.

그가 할 수 있는 건 비명을 내지르는 것뿐.

하지만 이내 이상을 느낀 강찬이 고개를 갸웃했다.

"아프지 않다……?"

"뭔가 달라진 건 없나?"

"없는데요?"

없다. 기억의 혼란도, 아무런 변화조차도.

"변화가 생기면 말해다오."

일방적으로 말을 맺고, 등을 돌렸다.

하기야 그는 나에 대한 기억이 전무하다시피 했다.

혼란을 야기할 만한 기억이 말이다.

나를 기억하는 더 특별한 대상이 필요했다.

김민식, 시리아, 유서희, 이그닐, 이타콰…… 모두 효과가 없었다.

'루의 창이 작용하는 건 온전히 라이라에게만인가?'

하기야 애당초 이 창 자체가 라이라의 것이었으니 그럴 수도 있겠다.

그런데 이그닐이 묘한 이야기를 해왔다.

"그 창, 형태가 없어요. 형태가 없는 건 쉽게 날아가게 마련이죠."

"무슨 말이지?"

"저도 잘 모르겠어요. 하지만 그 창에 형태를 부여해야만 그쪽이 원하는 걸 얻을 수 있을 것 같단 생각이 들어요. 형태가 있는 것은 없어지지 않으니까요."

빛의 창.

형태가 없다. 그리고 형태가 없는 건 쉽게 날아가게 마련이다…….

이그닐은 현안의 용이었다. 이그닐은 모든 '문'을 열 수 있으며, 그것은 달리 말하자면 본능적으로 모든 '답'을 찾아낼 수 있다는 걸 뜻했다.

형태, 형태.

하지만 무엇으로 형태를 부여한단 말인가?

'월천.'

나는 가만히 나의 검을 바라봤다.

월천이 크게 울고 있었다.

즉시 공방을 찾아가 창을 꺼내 억지로 월천에 입혀보았다.

하지만 둘은 반발하며 튕겨 나갔다. 또한 월천에 손상이 갔다.

'월천은 파괴 불가가 아니었던가?'

루의 창은 신성으로 이루어진 창이다. 물리적인 손상이 아니라 이야기가 다른 걸까?

하여간 둘의 '격'이 맞지 않다는 결론을 내렸다.

월천이 이 정도면 어떠한 무기도 '루의 창'의 형태로 자리매김하지 못할 것이다.

다만, 도전해 볼 과제가 한 가지는 생겼다.

'월천은 아직 완성되지 않았다.'

월천의 각성은 오룡과도 연관되어 있었다. 오룡들이 각성하면 월천 역시 강화된다. 지금은 고작 두 명이 각성하여 두 번의 강화가 완료되었을 따름이었다.

아직 셋이 남았다. 그리고 월천이 완성되면…… 어쩌면.

'이 빛의 창에 형태를 입힐 수 있을지 모른다.'

희망이 생겼다. 그저 작은 희망이라도 좋다. 어쩌면 혼자만의 망상일지도 모르지만, 목표까진 멈추지 않고 달려갈 테니.

빛의 창. 이것이 '망각의 저주'를 풀 유일한 단서였다. 형태가 없는 건 쉽게 날아가지만, 형태를 갖게 되면 쉽게 날아가지 않으리라.

기억도 같았다.

'희망.'

자리에서 일어났다.

오룡. 그 아이들의 각성을 준비해야겠다.

말마따나, 전쟁의 재개였다.

62장
위대한 별

　우리엘 디아블로의 몸으로 나는 두 명의 오룡을 각성시킨 바가 있었다.

　화룡 구화린과 암룡 유설.

　하지만 나머지 셋은 끝내 각성하지 못했다.

　무슨 차이가 있었던 걸까.

　'끈기, 집념.'

　특히 집념의 차이라고 보았다.

　구화린과 유설은 서로 알게 모르게 경쟁 관계였다. 오룡 중 단 두 명의 여인이라서 그런 건지는 몰라도, 때문에 우리엘 디아블로의 신체로 시련을 가하자 둘만이 치고받고 미친 듯이 싸워댔던 것이다.

하지만 이후로도 나머지 셋은 각성하지 못했다.

집념을 불태울 절박함이 부족했기 때문이다.

이러한 절박함은 어디서 나오는 걸까?

'지키고자 하는 것.'

구화린은 화천의 자리를 열망했다. 자신의 오빠인 구화랑을 지키길 원했다. 유설도 그런 구화린에게 지고 싶지 않아 하였다. 하여 둘은 동시에 각성했고 강력한 무공을 얻었다.

그 무공으로 말미암아 둘은 야차의 수준을 뛰어넘어 나찰에 버금가는 실력자로 성장할 수 있었다.

'전쟁은 가장 좋은 촉매가 된다.'

어차피 로드들과의 전쟁은 불가피하다.

야차와 나찰들이 합류한 이상, 이 전쟁은 승리하여야만 했다.

'천마신공……'

그리고 또 한 가지.

오룡이 모두 각성하면 '천마신공'의 주인이 될 수 있다고 했던가?

천마. 지금 '위대한 별'의 모체가 된 그의 무공. 어쩌면 거기에 답이 있을지도 모른다는 생각이 들었다.

월천이 완성되면 '루의 창'의 모체로 삼고, 나의 '희망'을 되찾는단 이야기도 빼놓을 순 없다.

하지만, 이 모든 게 확신이 아닌 가정에 불과했다.

그래서 나는 확인을 하고 싶었다.

나의 가정이 현실이 되기를 바랐다.

"지금부터 모든 야차의 선두지휘는 오룡이 맡는다."

나는 대라선으로서 말했다.

야차와 나찰들에게 있어서 대라선의 지위는 절대적인 것.

"……나찰이 아닌 오룡에게 말입니까?"

"말도 안 되는 일입니다! 저 아이들은 전쟁에 대한 개념 자체가 희박합니다."

하지만 그럼에도 나찰들은 반발했다.

전쟁에 참여한 이상, 승리가 아니면 전멸뿐이라는 걸 그들도 안다.

하물며 나찰도 아닌 오룡이 전투를 지휘하는 걸 가만히 보기엔 답답할 것이다.

그러나 나는 오룡을 몰아넣고자 했다.

각성한 구화린이나 유설도 아직 완성된 게 아니니까.

"저, 저희도 그렇게 생각해요."

"……저희가 지휘를 할 수 있을 리가."

구화린을 비롯한 오룡들 모두가 불안한 표정을 지었다. 하지만, 나는 고개를 저었다.

"오히려 평화에 찌든 나찰들보다 짧은 시간이지만 격한 전쟁을 경험한 오룡, 너희가 더 전쟁을 잘 알 것이다."

물론 아무런 근거도 없는 말은 아니었다.

나찰산에 있을 때부터 그들은 외부의 침략에 매우 약한 모습을 보였다.

갑자기 대아귀가 몰려오고, '둠'이 쳐들어왔을 때 허둥대며 대처하지 못한 걸 보면 알 수 있다.

오랜 시간 평화에 찌들어 있었던 탓이다.

하물며 라이라를 따라 지구로 오지도 않았다.

하지만 오룡은 지난 3년간 전쟁을 경험했다.

평이한 나찰들보다 경험이 많으면 많았지 적지는 않다고 판단했다.

"너희들이 머릿속으로 알고 있는 지식들은 실제의 전쟁에서 크게 쓸모가 없다. 전쟁이란 피부로 겪고 부딪치는 것. 지난 3년 동안 던전에만 처박혀 있던 너희들이 무엇을 할 수 있다는 거지?"

"……"

십이나찰들이 모두 입을 다물었다.

단순히 저들이 전쟁을 어느 정도 알고 있다고 해도, 나는 이 임무를 오룡에게 맡겼을 것이다.

지난 3년 동안 오룡은 적에 대해서 보다 잘 알게 되었다. 아군의 운용, 역량 등도 확실하게 체크했을 터였다.

이는 매우 중요한 부분이었다.

반면에 나찰들은? 다른 야차들은?

던전에 숨어 안락한 삶을 영위하고 있었겠지.

던전에 있었던 괴물이라 해봤자 그다지 많지 않았으니까.

"나 하나에도 허둥지둥거리던 모습이 아직도 눈에 훤하다. 너희들은 오룡의 지휘에 따라 조를 짜고 전투를 연습하며 전쟁에 임해야 한다."

근거는 또 있었다.

고작 나 하나에 흔들린 것.

물론 나는 강하다. 파벌의 수장 수준으로 강할지도 모른다.

그러나 야차와 나찰들도 강했다. 비록 나 하나에 미치진 못하지만, 그들 모두의 역량을 쏟아부었다면 나 역시 피 튀기는 항전을 해야 했을 것이다.

"분하냐? 하지만 현실이다. 십이나찰이든 뭐든, 너희는 약해. 전쟁에 대해서 제대로 알고 있지 않지. 반면에 오룡은 그 부분에 있어서 너희보다 훨씬 뛰어나다. 물론 그렇다 하더라도 전쟁은 실패를 용서하지 않지. 그들이 실패한다면 너희는 모두 죽는다."

전쟁은 실패를 용납하지 않는다.

단 한 번의 실수조차 치명적으로 작용하는 게 전쟁이었다.

그러나…… 그들은 선택해야 할 것이다.

적극적으로 오룡을 돕는 길을.

꿀꺽!

오룡 모두가 침을 삼켰다. 십이나찰을 비롯한 야차들은 가만히 오룡에게 시선을 옮겼다.

이제부터 저 다섯이 자신들의 생명줄이라는 걸 파악한 거다.

"둠이라는 원수조차 스스로 죽이지 못한 걸 창피한 줄 알아라. 하지만 아직 둠이 뿌린 잔재는 이곳저곳에 남아 있다."

둠으로 말미암아 최후의 전쟁이 시작됐다.

나는 죽어서도 놈을 용서하지 못할 것 같다.

"나머지는 너희가 거두도록."

나는 걸음을 옮겼다.

이제부터가 진짜였다.

데몬로드가 죽었다.

알버츠, 아넬로우, 라우페.

단시간에 무려 셋이나 죽은 건 예삿일이 아니었다.

그게 누구의 파벌이든 간에.

"고작 인간 따위에게 당했단 말이냐?"

자신의 권좌에 앉아 아르하임이 눈살을 찌푸렸다.

그의 주변으로 무수히 많은 수정이 빛을 밝히고 있었다.

라우페는 자신의 휘하에 있는 로드였다. 나머지 둘은 제로의 파벌에 속해 있었지만, 이로써 힘의 추가 안달톤 브뤼시엘에게 기운 것이다.

안달톤을 추종하는 로드는 둘. 총합 셋.

제로는 하나. 총합 둘.

아르하임 역시 하나였다. 3:2:2의 이 애매함 속에서, 인간들이 자신의 목줄을 조여오고 있었다.

하!

"어이가 없군."

있을 수 없고, 있어서도 안 되는 일.

"라우페를 죽인 건 새로 나타난 인간이라고 합니다. 하지만 인간이면서 동시에 '대라선'이라고 하더군요."

아르하임의 하나 남은 수족, 발칸이 말했다.

아르하임은 권좌에 앉아 인상을 찌푸렸다.

"대라선?"

"야차라 불리는 종족의 수장을 그렇게 부른다고 합니다. 그들 모두가 이번에 인간 진영에 합류했습니다. 어찌시겠습니까?"

"제로는, 제로는 뭘 한 거지? 자신의 수족이 둘이나 잘려 나갔는데 가만히 있는단 말이냐?"

"샤라카와 '폭룡의 바하무트'가 움직이는 걸 확인했습니다. 그런데 인간들이…… 그대로 살아 있습니다."

"……무언가 수작을 부린 건가? 설마 인간들과 손을 잡은 건 아니겠지?"

이제는 모든 변수를 염두에 둬야 한다.

설마 인간 따위와 제로가 손을 잡는 모습은 백 번, 천 번, 만 번을 양보해도 상상이 안 가긴 하지만 그래도 가능성이 있다면 재고해야 했다.

"아무리 그래도 제로가 인간과 손을 잡진 않았을 겁니다."

"그래, 나도 그렇게 생각한다. 하지만…… 묘해. 그러면 어떻게 인간들 따위가 로드를 죽일 수 있다는 말이냐?"

"그건……."

지이이잉!

순간, 주변을 둘러싼 구슬 중 하나가 흔들리며 빛을 다했다.

지이잉! 지이잉! 지이이이잉!

수정구 하나의 불이 꺼지자 연쇄적으로 다른 것들의 불도 꺼지기 시작했다.

"……누군가가 우리를 공격하고 있군."

그 불은 자신의 대지로 '선포'한 땅을 지키던 수하의 생명을 가리키는 것이었다.

불이 꺼졌다는 건 그 수하들이 죽고 있다는 걸 의미했다.

자신이 '선포'한 대지에서 수하들은 훨씬 강해진다. 그런 수하들이 쉴 새 없이 죽어 나가고 있었다.

"인간들입니다."

"멸망하고 싶어서 환장을 한 모양이군."

불빛이 꺼지면 수하가 죽기 직전 기억을 홀로그램처럼 수정 구 위에 수놓는다.

인간들이 자신의 수하들을 아낌없이 죽이는 장면이 쉴 새 없이 흘러나왔다.

아르하임이 이를 갈았다.

인간들의 전력은 이미 측정이 끝났다.

그들은 결코 자신을 이길 수 없다.

그런데도 밀어붙인다는 건, 야차와 나찰이란 종족에게 뭔가 가 있거나······.

'대라선.'

놈에게 뭔가가 더 있다는 말이다.

라우페를 죽인 놈. 어떤 꼼수를 부렸지만 결코 얕봐선 안 된다.

'그러나 내가 선포한 구역에 들어온 이상, 너는 나를 이길 수 없다.'

아르하임은 천생이 군주였다. 그는 땅을 자신의 것으로 '선 포'할 권능을 갖고 있었고, 그렇게 '선포'된 땅은 자신이 선정한 부하들에게 무한한 힘을 가져다줬다.

여태껏 아르하임이 열세이면서도 버틸 수 있었던 이유다.

다른 로드들도 공략하지 못한 절대적인 성을 고작 인간들이 공략한다?

'있을 수 없는 일이지.'

코웃음을 칠 일이었다.

그들은 자신에게 닿기 전에 알아서 자멸할 것이다.

이곳 권좌까지 오는 길에 놓인 자신의 수하는 500을 헤아린다. 그 500의 수하는 모두 각자의 땅에서 수호자가 되어 강력해진 상태였다.

그 하나하나가 용조차 가볍게 씹어 먹을 강자다. 고작 인간들 따위는 아무리 많아도 그들을 이기지 못한다.

하물며 수하만이 아닌, 수하가 다스리는 병력도 어느 정도 강화가 됐다.

철벽. 절대로 뚫지 못하리라.

적대적인 모든 로드조차 포기한 이 성역을 어찌 저들이 넘겠는가.

지이잉!

지이잉!

지이이이잉-!

하지만, 현실은 예상과 달랐다.

동시다발적으로 엄청난 숫자의 수정구가 빛을 잃어갔다.

500의 수하가 절반으로 줄어드는 데 걸리는 시간은 채 한 시간을 넘기지 않았다.

'이게 대체……'

아르하임의 미간이 꿈틀거렸다.

있을 수 없는 일이 눈앞에서 벌어지고 있었다.

　　　　　　　　🗡

가장 쉬운 공략 상대는 아르하임이었다.

그는 자신의 주변 모든 땅을 자신의 성역으로 '선포'하고 부하들을 나누어 놓았다.

때문에 모든 인간이 절대로 닿지 못하는 영역, 데몬로드들조차 포기한 철벽지대로 여겨지고 있지만, 오히려 그것이 약점이 될 수도 있었다.

약점은 바로 '자신의 영역'에서 움직이지 못한다는 것.

'각개전투를 펼칠 수밖에 없지. 땅을 맡은 수하를 하나하나 공략하면 되는 일이다.'

아르하임의 권능은 매우 뛰어나다. 자신의 성역에 있는 괴물들, 특히 그중 하나를 아주 강력하게 만들어주니까.

하지만 그 강력해진 괴물은 지정된 성역을 떠날 수 없다.

성역마다 정해진 규칙도 달라서 그들은 결코 한데 뭉치지 못한다.

말하자면 그 수백의 수하가 가진 특성 등을 연구해 '공략'만 하면 된다는 이야기다.

답을 알고 문제를 푸는 것과 같다.

문제는 그 답을 풀 시험지와 필기도구가 있느냐는 것.

'전력은 충분해.'

충분다고 판단했다.

나는 전장의 한복판에서 오룡들을 바라봤다.

그중 각성하지 못한 셋을.

'힘에 겨워 보이는군.'

각성한 화룡 구화린이나 암룡 유설은 전장을 휘젓고 있었다.

반면 각성하지 못한 잠룡, 무룡, 검룡은 힘에 부쳐 끌려다니는 형국이었다.

선두 지휘자가 적에게 끌려다니니 당연히 그 부대는 힘겨운 싸움을 할 수밖에 없다.

'보여다오. 너희의 끝을.'

나는 그들을 돕지 않았다.

그 누구도 돕지 않았다.

내가 해야 할 일은 오로지 하나.

'아르하임.'

세 파벌의 수장 중 하나.

비록 그들 중 가장 약세였다고는 하나 결코 무시하지 못할 존재.

저 멀리에 그의 권좌가 있다.

나는 오로지 그를 죽이고자 칼을 갈고 있었다.

발칸. 아르하임의 마지막 수족인 그가 전장에 모습을 드러낸 건 수정구가 100개 아래로 내려갔을 때였다.

달리 흑요왕이라 불리는 그는 전신이 새까맸다.

단순히 새까만 정도가 아니라 모든 빛을 흡수할 정도의 완연한 검은빛을 띠고 있었다.

"참담하군."

전장을 살핀 그는 참담하게 죽어 나간 수하들을 바라보며 혀를 찼다.

설마 이토록 허무하게 '철벽'이 뚫릴 줄은 그 누구도 상상하지 못했으리라.

하지만, 동시다발적으로 공격해 왔다. 이만한 규모. 그 전에 미리 움직임을 알아차려야 정상이거늘.

'이그닐.'

유일한 단서가 있다면, 이그닐이다.

'현안의 용. 모든 문의 열쇠라고 했던가?'

그 용은 모든 문을 열고 닫을 수 있었다. 공간을 초월해 의지만 닿는다면 그 어느 곳이든 말이다.

귀찮은 능력이었다. 설마 '문'을 열어 이런 식으로 공략해 올

줄이야.

아르하임의 권능이 가진 약점을 꿰뚫어 보고 있었기에 가능한 수법이다. 하기야 이그닐의 그 특이한 능력이 없었다면 이조차도 불가능했겠지만.

"그것도 여기까지다."

발칸이 주먹을 마주 쥐었다.

그 순간 그의 전신, 새까맣기 그지없는 피부가 송골송골 일어나더니 마치 블랙홀처럼 곳곳에 구멍이 뚫렸다.

이윽고 그 구멍이 한 차례 꿈틀거리자.

쿠와아아아아아아아아앙!

검은 덩어리들이 속사포처럼 그의 전신에서 무수히 뿜어져 나갔다.

"이 덩어리들은 뭐야?"

"방어 스킬도 통하지 않아!"

"아아악!"

뿜어진 검은 덩어리들은 무언가에 닿으면 족족 흡착하여 순식간에 대상을 덮어버리곤 그대로 사라지게 만들었다.

예컨대 사람에게 닿으면 그 순간 검은 덩어리는 순식간에 크기를 늘려 그대로 대상을 덮어버리고, 다시 원래의 크기로 압착한다.

피 한 방울 튀지 않으며 대상은 그대로 '소멸'해 버린다.

무시무시한 능력이었다.

하물며 방어 스킬도, 공격 스킬도 이 덩어리에겐 통하지 않았다.

"발칸! 발칸이다!"

"피해! 발칸의 공격은 피하는 게 상책이다!"

하지만 오랜 시간 전쟁을 치르며 모든 데몬로드에 대한 상세한 데이터를 축적한 인류였다.

발칸에 대한 정보고 당연히 남아 있었고, 저 무지막지한 공격에 대응책도 분명히 알고 있었다.

'피하는 것.'

김민식은 생각했다. 어차피 저 공격은 막을 수 없다고.

하지만 지속시간에 한계가 있었다. 매우 넓은 범위를 무차별하게 때리지만 기껏해야 서너 번 정도가 한계.

그것만 피하면 이만한 대량 살상 마법은 다시 사용할 수 없다.

저 덩어리는 모든 마력을 무시한다. 신성과 관련된 스킬조차 씹어 먹는다.

그야말로 '사기'라는 단어가 어울리는 권능.

그나마 사용 횟수에 제한이라도 없었다면 파벌을 이끄는 건 아르하임이 아니라 발칸이었을 것이다.

"저들은 어디로 가는 거지?"

"······공략할 생각인가 본데요?"

하지만 모두가 뒤로 물러난 건 아니었다.

야차와 나찰. 그들을 이끄는 오룡들이 전진하고 있었다.

"자살행위로군. 대라선은 아무 말도 없나?"

김민식이 말하자 그의 부관이 답했다.

"대라선의 명령인 것 같습니다."

"발칸을 죽일 수 있다는 확신이라도 있는 건가? 있다면 왜 내게 말하지 않은 거지?"

대라선. 오한성…… 그에 대해선 여전히 많은 의문이 남아 있었다.

솔직히 말하자면 그를 보면 묘한 기시감과 친근감이 있었다. 어디서 본 것 같은데 기억이 나지 않는다. 그래서인지 더욱 알 수 없는 죄책감이 들었다.

잊으면 안 될 것을 잊어버린, 그런 기분.

김민식은 가슴팍을 한 차례 두드렸다.

한 권의 일기장이 그 안에 있었다.

'절대로 잊어버려선 안 되는 친구. 설마 그가?'

일기장.

그 안에는 그의 기억에 없는 내용들이 있었다.

바로 자신이 누군가의 기억을 잃어가고 있다는 것. 하나 누구에 대한 기억을 잃고 있는 것인지에 대한 언급은 없었다.

그 일기장으로 말미암아 자신이 기억을 잃은 게 분명하다는 확신을 내렸다. 특정 대상에 한해서.

그 대상이 누군지 알 수가 없었다. 오한성…… 그일까? 하지만 그러면 자신에게 말하지 않을 이유가 없다.

'아니, 다른 사람인가……'

김민식은 고개를 저었다.

어쨌거나 당면한 문제를 풀어가는 게 먼저였다.

야차와 나찰이 움직인다. 발칸을 향해. 수가 아예 없는 건 아닐 터.

"우리도 함께 나아간다."

"예……?"

"저들을 버리고 갈 수는 없지. 힘을 합친 이상 살아도 함께 살고 죽어도 함께 죽는다."

"하, 하지만 저희는 아무런 언질도 받지 못하지 않았습니까?"

"저들이 데몬로드를 죽이고자 하는 의지는 진짜다. 우리와 뜻이 같은데도 알려주지 않은 거라면 그건 저들이 우리를 믿지 못해서겠지."

전쟁통이다. 이것저것 따질 여유가 없다.

하지만, 믿음을 바란다면 줄 수는 있었다.

게다가…… 저들의 움직임, 특히 대라선의 움직임이 신경 쓰인다.

'그가 직접 지시했다는 건 무언가 수가 있다는 뜻.'

섣불리 움직인 자는 아니다. 터무니없이 신중하고, 터무니없이 강력한 존재. 그러니…… 일단 따라간다. 결과를 보고, 그다음 결정해도 늦지는 않으리라.

"주위의 경계만 하라는 뜻이다. 저들이 움직이는 걸 보고, 그때 빼도 늦지는 않아."

"알겠습니다."

발칸의 공격이 매섭긴 하지만, 지금 그의 공격은 야차들에게 집중되고 있었다. 주변을 호위하는 정도는 간단한 일이었다.

'너는 내게 무엇을 보여줄 거지?'

왜인지 모르겠지만 가슴이 뛰었다.

오한성. 그를 보고 있노라면…… 자기 스스로도 주체가 되지 않았다.

그래서 알고 싶었다.

오한성. 그가 누구이고, 무엇을 보여줄지. 보여줄 수 있을지.

오룡은 몰리고 있었다.

그들이 몰린다는 건 야차와 나찰들 모두가 말리고 있다는 것이었다.

발칸의 무자비한 폭격은 성난 짐승의 폭주와도 같았다. 할

퀴고 물어뜯으며 철저하게 그들을 농락하는 중이었다.

"멍청한 놈들! 사지를 향해 걸어오는구나!"

발칸의 공격은 가까울수록 그 위력이 배가 된다. 막을 수 없는 검은 덩어리가 가까울수록 더 촘촘하게 날아드는 탓이다.

막을 수 없다. 피해야 한다. 그러기 위해선 순간적인 대처와 순발력, 그리고 속도가 필요했다.

모든 마력을 신체에 때려 부어 억지로 속도를 내야만 피할 수 있는 게 발칸의 공격이었다.

하지만 공격을 피하며 지휘를 하고, 발칸에게 다가가는 건 거의 불가능에 가까운 일이었다.

다섯 편대가 하나처럼 움직여야 함은 물론, 전투를 지휘하는 다섯 지휘자의 뛰어난 기량이 필요했다.

문제는 그들의 합이 불균형하다는 것.

"느리다! 느려!"

발칸이 미소를 지었다.

각성한 구화린, 유설과 달리 남은 세 명이 느려 터졌다.

공격을 피하는 것만으로도 벅찬 상황.

"아악!"

"몸이 먹혀들어 간다!"

"제길……!"

문제는 자신이 그저 피하기만 해선 동료들이 죽어 나간다는 것이었다.

엄청난 압박감. 정신적으로도, 육체적으로도 그들은 지쳐 있었다.

이 중압감을 감당하지 못한다면 그들은 죽을 것이다. 오룡만이 아니라 야차와 나찰들 중 상당수가 죽어 나갈 것이었다.

"어떻게 해야 하지?"

"제길! 끝이 없어!"

"지금이라도 지휘권의 양도를……!"

잠룡, 무룡, 검룡이 주변을 둘러봤다.

난장판. 잔뜩 어질러진 전장 속에서 어떻게 지휘권을 양도한단 말인가.

혼란만 가중될 뿐이다.

결국 스스로 해결해야 한다는 결론에 도달했다.

'내가 죽으면 부대는 완전히 와해된다.'

동시에 그들은 확신했다. 자신마저 죽으면 답이 없다는 걸. 어떻게든 아득바득 살아서 지금 상황을 타파해야 한다는 걸.

그런데 이상한 일이었다.

적룡 구화린도, 암룡 유설도 발칸의 공격을 막고 있었다.

검으로 내려치고 주먹으로 때리자 검은 덩어리가 증발하듯 사라졌다.

어떻게?

그때, 구화린이 외쳤다.

"흡성대법! 우리엘 디아블로가 우리한테 했던 수업을 떠올려! 받아치는 게 아니라 흡수한다는 느낌으로! 마력을 정신과 일체화시켜야 돼!"

말은 쉽다.

하지만, 두렵다. 실패하는 순간 저 검은 덩어리에 먹힐 테니까.

마력과 정신의 일체화. 우리엘 디아블로와 했던 수업을 떠올린다.

흡성대법에 먹혀 그대로 죽을 뻔했던 자신의 모습을.

거기서 각성한 건 구화린과 유설뿐이었다.

남은 셋은 각성하지 못했다.

"한계를 쥐어짜 내! 우리가 갖고 있는 가능성을 끄집어내라고!"

구화린은 답답하다는 듯이 외쳤다.

하지만…… 두렵다. 죽음이라는 두 글자. 당장 한계를 돌파해야 한다는 압박감.

"아악!"

비명이 들렸다. 그들에겐 더는 뒤가 없었다.

"남자 새끼들이 그것도 못하면 가운데 달려 있는 물건, 그냥 떼버려! 죽는 게 무서워서 도전하지 않을 거면 너희는 나와 같은 오룡이라 할 수가 없어!"

구화린은 채찍질을 했다.

처음, 구화린은 오룡에 들어가기도 창피한 수준의 실력을 갖고 있었다.

그런 그녀가 어느새 그들 모두를 앞질렀다.

무엇이 부족했던 걸까.

'용기……'

'집념.'

'저게 진짜 누굴 바보로 아나.'

용기와 집념, 그리고 경쟁심과도 같은 치열함이 필요했다.

저런 도발을 듣고 넘기면 오룡이라 할 수 없었다. 하물며 그 대상이 만년 꼴등이었던 구화린이어서야.

그 순간, 모든 오룡의 눈빛이 바뀌었다.

그들은 한 발자국씩 나아갔다.

자신의 한계를 허물어뜨리고자.

다섯 마리의 용이 하늘에 떠올랐다.

다섯 마리의 용이 발칸을 물어뜯기 시작했다.

그 광경에 나는 짧게 전율했다.

그리고 잠시 후.

-금지된 다섯 개의 무공이 모여 '천마신공'을 만든다.

-다섯 마리의 용이 모두 승천하면 온전한 '천마신공'의 주인이 되리라.

-천마신공은 진정한 왕의 자격, 모든 하늘을 아우를 수 있는 힘.

다시 들려온다.

월천. 그의 목소리였다.

이윽고 검이 떨리기 시작했다.

['천마신공'을 습득했습니다.]

[월천이 강화(+5)되었습니다.]

[+1, 절대로 부서지지 않습니다.]

[+1, '체력+9'의 효과가 더해집니다.]

[+2, 신성조차 베어내는 절삭력이 추가됩니다.]

[+2, '힘+9'의 효과가 더해집니다.]

[+3, 진정한 합일(合一)의 경지에 도달합니다.]

[+3, '민첩+9'의 효과가 더해집니다.]

[+4, 모든 마력을 흡수하여 사용자에게 전달합니다.]

[+4, '지능+9'의 효과가 더해집니다.]

[+5, 이기어검(以氣御劍)이 가능해지며 검에게 인정받은 자는 '검

신(劍神)'의 자격을 획득합니다. 천마신공을 사용할 수 있게 됩니다.]

[+5, '마력+9'의 효과가 더해집니다.]

미칠 듯이 튀어나오는 경이로운 창과 글자들.

아아!

나는 소리 없는 비명을 내질렀다.

오룡의 각성. 그것만으로도 이만한 변화를 이끌어낼 줄이야.

모든 변화가 끝나고 비로소 월천이 완성되었다.

파격이란 말로도 부족하다.

초월. 그야말로 초월해 있었다.

이 형태, 월천에 '루의 창'을 합칠 수만 있다면 감히 신조차 베어 죽이는 절대적인 무기가 탄생할 것이었다.

"나, 아르하임이 명하노라! 내가 서 있는 땅이 비로소 나의 성임을! 모든 성역이 오롯이 나에게 집중되기를 말이다!"

좌아아아아아아아아악!

쿵! 쿵! 콰아앙!

순간.

태풍이 불고, 번개가 휘몰아쳤다.

그 중심부에서 아르하임이 나타났다.

광활한 마력. 그저 발을 디디고 서 있는 것만으로도 대지가 울었다. 공기가 팽창하며 하늘이 떨려왔다.

모든 성역을 자신에게 집중시켜 그 역시 초월자로 거듭난 것이다.

파벌의 수장, 아르하임.

나는 그에 대해 잘 알지 못한다.

하지만 절대 얕봐선 안 될 상대라는 건 안다.

괴물의 정점에 군림하는 데몬로드. 그 데몬로드를 총괄하는 데몬로드. 여태껏 상대한 어느 괴물들보다 까다롭고 강력할 것이었기에.

스으으읍.

마력의 냄새를 맡는다.

내 신체가 나에게 경고를 보내오고 있었다.

자만하지 말라고. 최선을 다하라고. 죽을 각오로 싸우라고.

하아아아아아.

하지만 질 것 같지가 않았다.

오만인가? 스스로에게 취한 걸까.

나는 월천을 들었다. 더욱 손에 감기는 느낌. 진정한 합일(合一)이라더니. 검과 내가 공명하며 마치 검에도 내 눈이 달린 것만 같은 기분이 들었다.

지금의 나는 시야가 자유롭지 못하다. 청각을 제외하면 아직도 혼란 속이었다.

하지만 월천을 쥔 순간, 나는 월천 그 자체가 되었다.

월천이 보고 듣고 느끼는 모든 것을 알 수 있게 됐다.

'이런 세상이었군.'

검의 세상. 아무런 감정조차 없는 차가운 눈빛.

검은 있는 그대로를 본다. 있는 그대로를 느낀다.

"아아아!"

"사, 살려줘! 제발!"

"내, 내 다리! 내 다리!!"

재차 주변을 둘러봤을 때의 지상은 아수라장이었다. 성역으로 변한 대지는 아르하임의 호흡에 따라 움직였다. 이 주변 모든 공간이 그의 '성'이었으니.

그는 움직이는 성이었다.

그리고 성에 갇힌 병사들은 처참하게 뭉개진다.

-구하고 싶느냐? 구해라. 필요한 자들만을. 나머지는 먹이가 되도록 놔두어라.

-구하지 마세요. 어차피 저들은 더 이상 도움이 되지 않습니다. 오히려 그들을 미끼로 하여 아르하임의 목을 치는 게 더욱 현명합니다.

펜리르, 그리고 헬.

월천을 쥔 채 눈을 뜨자 둘은 서로 다른 이야기를 했다.

펜리르는 실용성이 있는 자들만 선별하여 구하라고 하였고, 헬은 자신 외엔 어차피 필요가 없으니 버리라는 말이었다.

'요르문간드, 너라면 어떤 선택을 했을까.'

-짐에게 그런 것까지 묻는 게냐? 네가 하고 싶은 대로 해라. 짐은 그저 지켜볼 뿐이니.

그녀는 자신의 선택을 내게 강요하지 않았다.

내 자신의 의견을 존중했으며 필요하다면 행동으로 보여주는 게 그녀였다.

그래서일까. 그녀의 목소리가 귓가에 들린 것만 같았다.

결정을 내렸다.

'모두 구하겠다.'

영웅이 되지 않겠다고 하지 않았던가?

돌고 돌아 다시 영웅이 되고 싶다는 생각이라도 든 건지.

하지만 내가 구하지 않으면 누가 구한단 말인가. 내가 나서지 않으면 누가 저 괴물을 죽인단 말인가.

최후의 영웅이었을 때와는 다르다.

그때와 달리, 내겐 힘이 있었다.

그때와 달리, 내겐 희망이 있었다.

그때와 달리…… 내겐 더욱 지키고 싶은 것들이 생겼다.

내 모든 것을 걸어서라도. 설혹 그들이 나를 기억하지 못한다고 하더라도.

'나는 영웅 따위가 아니다.'

하지만, 그럼에도 나는 영웅이 아니었다.

내겐 그와 같은 숭고한 마음이 없었다.

지독히 이기적이었으며, 지독히 변덕이 심했다.

그런 내가 영웅이라고?

[선 성향이 크게 상승합니다.]

[선 성향이 50에 도달했습니다.]

['펜리르의 힘'을 빌릴 수 있습니다.]

['펜리르의 힘'을 빌리시겠습니까?]

펜리르, 헬. 둘의 존재력은 막강했다. 그들의 힘을 빌린다면, 어쩌면 지금 눈앞에 있는 아르하임조차 쉽게 제거할 수 있을지도 모른다.

그러나 이후 나는 그 힘에서 벗어나지 못할 것이다. 그 유혹을 쉽게 떨쳐낼 수 없겠지.

점차 나는 인간이 아니게 되어갈 것이다.

감각을 잃고, 감정을 상실하며, 꼭두각시가 될 테지.

'거부한다.'

그래서 거부했다.

나는 인간이었다. 인간이고 싶었다.

가끔은 아프고, 가끔은 행복하며, 가끔은 슬픈 인간이.

-멍청한 놈! 너는 후회할 것이다. 땅을 치며 통곡하겠지. 인

간성은 나약함의 상징! 신이 될 기회를 스스로 차버리다니!

　-악해지세요. 그런 마음가짐으론 아무것도 지킬 수 없습니다. 저 헬의 말을 믿으세요.

　보지 않는다. 듣지 않는다.

　나는 그저 앞으로 나아갈 뿐이었다.

　초월한 인간과 초월한 악마.

　누가 더 강할까?

　"붙어보면 알겠지."

　부르르르!

　월천이 울었다. 월천은 피를 바라고 있었다.

　그 안에 내재된 흉포성.

　천마신공!

　['월천'을 쥐고 있을 때에만 효과가 발휘됩니다.]

　['천마신공'은 막대한 마력을 소모합니다.]

　한 발자국.

　앞으로 내디뎠다.

　-'천마군림보', 천마의 한 발자국에 세계가 흔들리니.

　누군가의 목소리가 들리는 듯했다. 월천도, 현장도 아닌 다른 존재.

천마.

그가 사용하던 무공. 그가 평생 체득한 공부.

신이 된 이후 완성시킨 하나의 신공을.

쿠르르르르르릉!

지면이 파열되었다. 내 발을 시작으로 가뭄이라도 난 듯 지
상이 파열되며 거대한 울림을 낳았다. 이윽고 그 울림이 아르
하임에게 도착했고, 순식간에 바닥에서 솟아난 거대한 돌 무
리 따위가 아르하임을 가두었다.

평범한 돌덩이라면 아르하임의 손짓 한 번에 가루가 되어야
정상이다.

하지만 그가 자신만의 '성역'을 선포했듯, 나 역시 이곳이 나
의 땅임을 '선포'하고 있었다.

천마군림보는 그런 무공이다.

한 발자국을 내딛는 것만으로 하늘과 땅, 모두를 지배하는!

'아르하임의 성역 선포보다 강력하다.'

아르하임이 내놓은 '성역 선포'를 그대로 씹어버리고 있었다.
그가 가진 권능보다 천마군림보로 남겨둔 나의 발자국이 더욱
위대하다는 말이었다.

이어서 나는 허공에 발을 디뎠다.

마치 허공에 계단이라도 생긴 듯 자유롭게 움직일 수 있었다.

쏜살처럼 달려 나가 아르하임에게 도달하여 나는 단 한 번

의 참격을 남겼다.

스아아아아아앙!

-'천마참', 천마가 휘두르는 검은 세계를 가른다.

단순한 공간만이 아니다.

차원째로 으깨 버리는 참격이었다.

앞에 있는 모든 것을 꿰뚫어버리며 그대로 나아간 참격이 허공에 커다란 상처를 남겼다. 밝은 날임에도 참격이 훑고 지나간 자리는 마치 불에라도 탄 듯 거무스름하게 남겨져 있었던 것이다.

그리고 그 중심에, 아르하임이 있었다.

왼쪽 팔이 날아간 채.

크게 충격이라도 받은 듯.

"네놈……. 천상의 신은 아닐진대?"

진짜 신은 모두 사라졌다. 이 세상에 남은 것은 가짜들뿐.

모두가 가짜였다. 암흑인들도, 어쩌면 나도.

하지만, 동시에 깨달은 게 있다.

'가짜와 진짜의 구분은 필요한가?'

나는 항상 가짜와 진짜를 구분해 왔다.

가짜는 결코 진짜를 이길 수 없다, 진짜가 될 수 없다고 여겨왔던 것이다.

하지만, 그럴까?

암흑인들은 진짜가 되고자 발악했다. 내가 과거에서 돌아옴으로 인해 사라진 존재들. 그들은 다시금 '존재력'을 얻고자 지구를 멸망시키려고 하였다.

그러나…… 존재력이란 무엇인가.

'이곳에 내가 있다.'

어려운 문제가 아니다.

자신의 자리에서 스스로를 인지할 수만 있다면 그것이야말로 존재한다고 할 수 있으니, 그 이상을 바라는 건 어디까지나 욕심에 불과하다.

욕심. 욕망.

인간이라면 갖고 있는 지극히 당연한 감정.

나 역시 인간이었다. 그래서 가짜와 진짜를 구분해 왔다. 하지만 지금, 나는 그런 구분에 의미가 없다는 걸 깨닫게 되었다.

내가 인지한 요르문간드는 진짜였다. 마찬가지로 내가 인지한 암흑인들도 가짜라 할 수는 없었다. 그들 모두 존재했으며 아직도 내 머릿속에 생생히 살아가니까.

'내가 그렇게 믿는 한.'

진짜와 가짜의 구분은 의미가 없어진다.

그저 믿음의 문제였을 뿐이다. 마찬가지로 내가 나를 진짜라고 생각한다면 그렇게 될 것이다.

큰 깨달음은 아니었지만, 내 모든 인식을 송두리째 바꿀 만한 일.

　동시에.

　화아아아아악!

　-천마(天魔). 모든 하늘과 마귀의 주인.

　악령으로 이루어진 검은 날개가 다시금 돋아났다.

　암흑인!

　그들을 기억하는 내가 만들어낸 진짜 잔재다. 위대한 별을 덮쳤던 그 거대한 악령의 날개들이 내 뒤에 돋아났다.

　형체는 없으나 이 검은색의 날개는 하늘을 모두 덮어버릴 것만 같았다. 크고 강력했으며 모두의 눈에 새겨질 만큼 또렷했다.

　-우리의 왕이 강림하였도다!

　-잊힌 자들의 왕!

　-망각의 왕!

　암흑인들의 목소리가 들려왔다. 그들은 더 이상 헤매지 않았다. 내가 헤매지 않기 시작하자 그들 역시 헤매지 않게 된 것이다.

　그들은 더 이상 가짜가 아니다. 내 등 뒤에서 비로소 진짜가 되었다.

　"무슨 수작을 부린 것 같으나 소용없다! 이곳이 나의 성역인 이상, 너는 절대로 나를 죽일 수 없으니! 이곳에서의 나는 불멸!"

불멸. 결코 죽지 않는다는 말.

이윽고 아르하임의 신체가 재생되기 시작했다.

불멸인 그는 성역을 벗어나지 않는 한 무한하게 재생할 수 있었다.

잘려 나간 왼팔에 힘줄과 살이 돋으며 다시 원래의 형상을 되찾았다.

아니, 되찾아가는 듯했다.

"재, 재생이⋯⋯?"

하지만, 재생은 되지 않았다. 천마참. 차원 자체를 썰어버릴 정도의 위력을 지닌 검기가 그의 왼팔을 스치고 지나간 것이다. 그대로 형태가 고정되어 더 이상의 재생은 불가능했다.

"하나 너도 그 상태를 오래 유지하진 못할 터! 너의 생명이 고갈되어 가는 게 나의 눈에는 보인다!"

아르하임이 인상을 구겼다.

버티면 자신의 승리.

버티지 못하면 패배라는 걸 스스로도 인지하고 있었다.

스릉.

나는 월천을 들었다.

극심한 마력의 소모. 오랜 시간 천마신공을 사용할 순 없다.

하지만, 내 뒤에 늘어선 암흑인들은 아르하임의 심장을 원했다. 수백만에 달하는 욕망이 나를 움직였다.

그날, 기적을 보았다.

모두가 그렇게 생각했다.

현실이 아니라고. 현실이라면 기적이라고.

김민식. 그는 고개를 치켜들고 그 광경을 가만히 바라만 보고 있었다.

손이 부들부들 떨렸다. 아무것도 할 수가 없었다.

'이게…… 신의 전쟁인가?'

격렬했다. 세계가 삼켜질 듯이.

이윽고 오한성, 대라선이라 칭해지는 자. 그가 검은 날개를 꺼내자 동시에 머리가 하얗게 물들었다.

이후의 공방은 신의 전쟁을 보는 듯했다. 아르하임은 오한성의 참격을 막아내지 못했다. 그저 꾸역꾸역 버티고, 또 버티며 한 방 역전을 꾀하고만 있었다.

하지만 신은 분노하고 있었다. 신의 분노는 세계를 들썩이게 만들었다.

쫘아아아아아아앙!

"이건 거짓말이다! 이 세상에 이만한 신성이 남아 있을 리가……!"

아르하임은 비명을 내질렀다.

창과 방패의 싸움.

창이 이긴 것이다.

이윽고 거대한 악령의 날개가 아르하임을 감싸 버렸다.

악령들은 게걸스럽게 아르하임을 먹어치웠다. 살 한 점 남기지 않고.

동시에 날개가 사라지며 오한성이 지상으로 추락하기 시작했다.

툭.

한 발자국을 내디디려는 순간, 김민식의 앞을 추월하여 나가는 인영이 있었다.

'라이라 디아블로.'

그녀가 높이 뛰어올라 추락하는 오한성을 받아냈다.

오한성은 그대로 눈을 감은 채 기절해 있었다. 하지만 하얗게 새어버린 머리카락만은 그대로였다.

'승리.'

승리…… 했다.

그제야 김민식은 현실로 돌아올 수 있었다.

손을 뻗어 승리를 외치려고 하였다.

하지만, 그럴 수 없었다.

고오오오오오오오오오오-

위대한 별, 세계의 중심에 자리 잡은 거신이 더욱 환한 빛을 내뿜기 시작했기 때문이다.

발칸이 죽었다.

아르하임이 죽었다.

세 개의 파벌 중 하나가 무너졌다.

그 여파는 결코 적지 않았다.

오히려…… 너무 커서 문제가 될 정도였으니.

"위대한 별이 눈을 뜨는구나."

천상의 세계.

위그드라실의 중심부에서 흐레스벨그가 웃었다.

그는 항상 지켜보고 있다. 지상을 굽어보며 균열을 일으키는 게 그가 할 일.

그리고 이변을 눈치챘다.

'오한성.'

흐레스벨그는 저주에 걸리지 않았다.

망각. 그런 것들은 지상의 존재에게나 통용되는 저주다. 위그드라실의 주인인 그에겐 통하지 않는다.

'하지만 결국 탑을 모두 오르진 못했지.'

위대한 별로 통하는 탑. 10개로 이루어진 그 탑은 인간이 오르는 게 불가능하도록 설계되어 있다. 8층에서 운명의 여신들과 만난 건 칭찬해 마땅한 일이나, 그래 봤자 거기까지가 한계다.

그리고 아르하임을 죽이며 위대한 별에 본격적인 시동이 걸렸다.

"세계를 먹어치워라. 모든 걸 먹어치운 다음 나의 균열로 말미암아 새로운 세계가 태동하리라. 그리고 나는 그 세계의 주인이 되겠다."

흐레스벨그가 양손을 뻗었다.

연주가의 그것처럼. 그의 음을 따라 세계가 움직이고 있었다.

위대한 별이 움직이기 시작하면 세계의 모든 것은 파멸한다. 지구의 각성자와 최후의 승자마저도 위대한 별은 먹어치울 것이다.

그리고 '없던 것'이 되겠지.

암흑인들처럼.

오한성. 저 남자가 아무리 발악해도 결말은 정해져 있었다. 오히려 그는 결말로 향하는 길을 더욱 빠르게 만들고 있을 뿐이었다.

그런 것도 모르고 그들은 좋아하고 있었다.

흐레스벨그가 웃었다.

정해진 승리를 자축하며.

하지만…… 그도 눈치채지 못한 것이 있었으니.

알레테이아의 반쪽, 크로노스. 시간 그 자체인 그녀가 오한성의 옆에 있다는 점이었다.

-우리는 약속을 했죠.

크로노스. 천마는 그녀를 숨겨뒀다. 나찰산의 가장 깊은 곳, 현계에.

그리고 오한성이 찾았을 때도, 그녀는 계속해서 숨어 있었다.

오로지 흐레스벨그의 눈을 피하기 위해서였다.

-요르문간드, 라이라. 우리의 약속을 이행할 때인 것 같군요.

오한성이 탑에 올라 힘을 얻은 뒤에도 그녀는 모습을 드러내지 않았다.

오히려 더욱 철두철미하게 숨었다. 흐레스벨그의 시선이 그에게 닿아 있다는 걸 알고 있었기 때문이다.

하지만 아르하임이 쓰러지고 오한성이 힘을 다해 기절한 직후, 그녀는 더 이상 숨지 않았다.

숨을 수 없었다.

약속을 지켜야 했으니까.

-아이들에겐 힘든 일이 될 수도 있겠지만…….

크로노스가 나타나자 세계가 멈췄다.

시간이 더 이상 흐르지 않았다.

기적과 같은 일. 하지만 그녀에게 있어선 자연스러운 일.

　그녀는 전장의 한복판에 선 그람과 엘리스의 앞으로 다가
갔다.

　-맹점. 흐레스벨그는 이 아이들을 너무 얕봤어요. 우리의
축복이 깃든 이 아이들을. 위대한 별의 '열쇠'가 이 아이들에게
있는 걸 그는 몰랐죠.

　철저하게 숨긴 덕이다.

　들키는 순간 흐레스벨그는 어떻게든 이 아이들을 죽이려고
할 터.

　'열쇠'는 성장하여 마침내 결실을 맺었다.

　쉬이이이.

　동시에 그녀의 옆으로 형상 하나가 더 생성되었다.

　요르문간드. 그녀였다.

　-정말 괜찮겠습니까?

　-짐의 아이다. 믿어야지.

　요르문간드가 그람의 머리를 매만졌다.

　낳을 때를 제외하고 그녀는 그람을 처음 만나보는 것이었다.

　-항상 보고 있었다. 알레테이아와 함께. 그람, 너는 짐을 모
르겠지만 짐은 항상 너와 함께 있었노라.

　자애가 가득 담긴 눈빛.

　요르문간드는 이제야 비로소 사랑을 알았다.

-라이라가 이 순간을 함께하지 못하는 게 아쉽군요.

-하지만 라이라도 동의한 일이다.

오로지 셋만 알고 있는 작전이었다.

위대한 별과 흐레스벨그를 상대하려면 오한성, 그 혼자만으로는 역부족이다.

모두가 힘을 합쳐야 했다. 무슨 수라도 써야 했다.

설령 그것이 자신을, 자신의 아이들을 힘겹게 하는 일일지라도.

요르문간드가 그람과 엘리스를 껴안았다.

-이겨내어라. 그리고 기다려라. 그가 너희를 구하러 갈 것이니.

이후 요르문간드는 몸을 돌려 오한성에게 다가갔다.

오한성. 처음에는 그저 계약자로 시작한 남자. 아무런 감정도 없었고, 나중에는 잡아먹을 생각까지 가지고 있었다.

하지만 그가 시련을 이겨내는 모습을 보며 마음이 움직였다.

절망 속에 피어난 꽃보다 아름다운 게 없듯이, 어느 순간 요르문간드는 오한성이라는 인간에게 시선을 빼앗기고 있었다.

처음이었다.

그녀는 오만한 뱀이었으니까.

미드가르드를 집어삼킨 거신이었으니까.

고작 이런 작은 존재에게 시선을 빼앗길 줄은…… 몰랐다.

-믿고 있노라.

쪽!

이마에 입을 맞춘 요르문간드가 천천히 얼굴을 아래로 내리더니, 입에 한 번 더 입맞춤을 하였다.

-믿고…… 있노라.

돌아갈 시간이었다.

이 시간이 더 길어지면 흐레스벨그가 눈치챈다.

요르문간드가 고개를 끄덕이자 크로노스가 다가왔다.

-헤어질 시간이군요.

이어 그녀가 손을 높게 뻗었다.

그 순간.

휘아아아아아악!

그람과 엘리스의 가슴에서 거대한 빛이 번져 나왔다.

그 빛은 둘의 영혼. 이어 둘의 영혼이 천천히 거신에게로 향했다.

크로노스도 마찬가지였다.

그람과 엘리스, 그리고 크로노스는 거신을 부수는 열쇠.

세 영혼이 거신의 심장에 도착하자.

고오오오오오오-

멈춰 있던 시간이 풀리고, 거신이 포효하며 괴로워하기 시작했다.

세계의 모든 이가 위대한 별이 변화하기 시작했음을 느꼈다.

그중엔 안달톤 브뤼시엘도 있었다.

오로지 위대한 별을 얻고자 움직이는 남자. 위대한 별에 대한 집착이라면 모든 데몬로드 중에 최선두를 달리는 존재!

'아르하임이 죽었군.'

이 변화의 중심에 아르하임의 죽음이 있다는 걸 그는 눈치챘다.

하지만, 안달톤 브뤼시엘은 누구보다 위대한 별에 관심이 있는 자다. 지금의 변화가 심상치 않다는 것쯤은 알고 있었다.

'폭주. 그릇이 흘러넘치고 있다.'

때문에 그는 알 수 있었다.

거신의 그릇이 넘쳐흐르고 있다는 걸.

이상한 일이었다.

거신의 그릇은 무한한 우주와 같아서 모든 데몬로드와 지구의 모든 각성자를 빨아들여야만 겨우 그 구실을 할 수가 있었다.

그런데 무한한 우주와 같은 그릇이 흘러넘치다니?

'그릇의 내용물들이 부풀고 있다.'

무슨 일일까.

고작 아르하임 정도로는 그릇을 변화하게 만들 수 없었다.

하물며 내용물에 영향을 끼칠 수도 없었다.

변수가 나타났다. 그것도 아주 큰 변수가.

'아무래도 승부의 시간을 당겨야겠군.'

이대로 시간이 지나면 위대한 별은 폭사한다. 혹은 폭주하여 모든 것을 쓸어버릴 것이다.

그 전에, 저 그릇을 갖는다.

안달톤 브뤼시엘의 욕망은 끝나지 않았다. 그릇이 부푸는 만큼 그의 욕망 역시 부풀어 있는 상태였다.

'그 고결함에 더 이상 손상이 가지 않도록.'

위대한 별은 고결한 것이다.

완전무결. 아름답고 고혹적인 것이었다.

당연히 자격이 있는 자들끼리만 경쟁을 해야 한다.

그래야 아름다운 결실을 맺을 수 있을 테니.

또한, 그는 다른 자들이 알지 못하는 사실을 알고 있었다.

'오한성, 네가 우리엘 디아블로였다는 걸 나는 안다.'

망각의 저주로 인해 자신의 기억은 사라졌지만, 안달톤 브뤼시엘은 악신의 목소리를 들을 수 있다.

악신은 안달톤 브뤼시엘에게 속삭였다.

그가 잊은 것, 잊지 말아야 할 것, 숨겨진 진실조차도.

그리하여 인정했다.

네가, 나의 마지막 적수라는 걸.

오한성. 오로지 너만이 자신과 '위대한 별'을 걸고 쟁탈하는 데 어울린다는 걸.

'네가 아르하임을 처리했으니…….'

안달톤 브뤼시엘이 권좌에서 일어났다.

얼음으로 빛나는 새하얀 검 한 자루를 들고서.

'내가 제로를 죽이마.'

둘의 온전하고 아름다운 대결을 위하여 말이다.

'천마신공'이라 일컬어지는 그 기술은 상상을 초월하는 마력을 요구한다.

마력의 소모가 끝난 직후, 나는 기절했고 꿈을 꿨다.

라이라와 요르문간드, 그리고 내 아이들과 함께 공원을 노니는 꿈.

그러나 이내 그녀는 사라졌다.

그람도, 엘리스도.

-아이들을 부탁해요. 우리 아이들을…… 구해주세요.

구해달라니?

무슨 큰일이라도 닥쳤다는 건지.

꿈은 거기서 끝났다.

"정신이 드세요?"

눈을 뜨자 가장 먼저 유서희의 목소리가 들렸다.

"아이쿠, 머리 새하얘진 거 봐. 그래도 꽤 어울리네요."

"시간이 얼마나 흘렀지?"

병실이었다.

상체를 들어 올리고 즉시 묻자 유서희가 쯧쯧 혀를 찼다.

"이틀 지났어요. 잘 자던데요?"

이틀이라. 생각보다 길지 않다. 다행이었다.

'아르하임은 죽었다.'

확신할 수 있었다. 아르하임을 암흑인들이, 나의 날개가 먹어치웠으니까.

"좋은 소식이 있고, 나쁜 소식이 있어요. 뭐가 먼저 듣고 싶으세요?"

유서희가 손가락 두 개를 펼쳤다.

즉시 답했다.

"나쁜 소식."

"라이라 님이 사라졌어요. 그람과 엘리스를 데리고."

"……찾은 건가?"

유서희는 고개를 저었다. 하기야 알았다면 사라졌다고 하지 않았을 것이다.

어디로 간 걸까?

"찾고 있어요. 하지만 그녀가 마음먹고 숨었다면 찾지 못하겠죠."

누군가는 도망쳤다고 생각할 수도 있겠지만…… 아서라. 라이라는 도망치지 않는다. 언제나 정면으로 받아치던 게 그녀였다.

하지만 꿈의 내용이 걸린다.

아이들을 구해달라는 말.

결코 평범한 꿈은 아니었을진대.

"다행히 편지는 한 장 두고 가셨더군요. 전쟁을 끝내야만 아이들을 되찾을 수 있으니, 전쟁을 끝내겠노라고 했어요."

"아이들을 되찾는다?"

"아르하임이 쓰러지고, 위대한 별이 포효하자 왜인지 모르겠지만…… 그람과 엘리스가 생명 활동을 멈췄어요. 라이라 님은 그 이유를 알고 계신 거 같은데. 말은 안 해주셨죠."

아르하임이 죽고 거신이 포효하자 그람과 엘리스의 생명 활동이 멈췄다니.

아르하임은 상관없다. 상관이 있다면 거신일 것이다.

'크로노스도 사라졌다.'

나는 그녀가 항상 내 주변에 숨어 있는 걸 느낄 수 있었다.

하지만 그녀는 사라졌다. 거짓말처럼.

즉시 바깥으로 나왔다.

고오오오오-

거신은 세상의 중심에서 더욱 붉게 작열하는 중이었다. 마치 신음을 흘리는 것만 같았다.

특히 가슴 부근이 붉었다.

무언가가 그 안에 들어 있는 듯했다.

그리고…… 내가 가진 '운명의 선'이 거신의 중심으로 이어져 있었다.

'그럼, 엘리스.'

나와 둘에게만 부여된 인연의 선. 그 선이 왜 저기로 이어져 있단 말인가?

'전쟁을 끝내야만 아이들을 구할 수 있다. 라이라는 그렇게 말했지.'

고개를 주억거렸다.

처음에는 식겁했지만, 아직 끝나지 않은 이야기다.

'희망'은 분명히 있었다.

"좋은 소식은?"

"안달톤 브뤼시엘과 그의 수하들이 제로와 전쟁을 벌이기 시작했어요. 정확히 아르하임이 죽은 날 동시에."

허…….

잠시 침음을 삼켰다.

나를 노리는 게 아니라 제로를 노릴 줄이야.

'라이라가 그곳에 있다.'

직감적으로 알아차렸다.

라이라.

그녀는 거기 있을 것이다.

하지만, 바로 움직여선 안 된다.

내가 섣불리 움직이면 모두가 위험해진다.

나는 아직 마력을 전부 회복하지 못했다.

그러나 방법이 아예 없진 않았다.

'루의 창.'

그 빛의 창에 형상을 부여하는 작업이 남아 있었다.

과연 월천은 그 '빛의 창'을 집어삼킬 수 있을까?

가공스러울 정도의 힘을 지닌 무기를 말이다.

'해봐야겠지.'

몸을 풀었다.

급할수록 돌아가라고 하였다.

라이라는 결코 섣불리 실수를 저지르지 않을 것이었다. 그
녀라면, 내가 아는 라이라 디아블로라면 신중히 고민하고 선
택하며 최적의 길을 따라가겠지.

나도 가만히 있을 순 없었다.

다만 확신된 승리를 위해, 나는 움직이기 시작했다.

까아앙-!

망치를 두드린다.

월천을 모루 위에 올려놓은 채 하염없이 나는 망치질만 하였다.

'나의 파동.'

이는 월천과 나의 파동을 맞추는 작업이었다.

그리하여 내 안에 깃든 '빛의 창'과 동화시키기 위함이다.

동화. 서로 다른 게 같게 되는 것.

나는 이미 한 차례 겪어봤다.

'우리엘 디아블로.'

우리는 둘이었으나 동시에 하나였다.

처음에는 완전히 달랐던 두 개가 천천히 하나로 합쳐지는 과정을 나는 직접 겪지 않았던가.

이 역시 마찬가지다. 오로지 나만이 할 수 있는 작업이었다.

천천히 나는 망치와도 하나가 되었다. 월천과도, 모루와도, 주변 모든 것과 동화되며 무아지경에 빠졌다.

그저 아무런 생각 없이 망치를 내려치기만 했다.

나중에는 망치를 치는 건지도 잊어버렸다.

[강렬한 '나태'가 생성되었습니다.]

[천지인(天地人)은 모든 것과 통하는 길과 같습니다. 강제적으로 '나태 상태'에 돌입합니다.]

한없이 느려진다.

느리고, 느려져서, 마치 멈춰 보이게끔.

언뜻 보기엔 나태하기 그지없어 보이는 이것이야말로 진정한 '합일'의 과정이었다.

까아아아아아앙-

까아아아아아아아아아앙-

소리가 느려진다. 세상도 느려지는 것만 같다.

주변이, 시간이, 그 모든 것이.

그럼에도 나는 계속해서 망치를 두드렸다.

그리고 그 소리에게, 월천에게 나의 기억을 때려 박았다.

오한성과 우리엘 디아블로.

그람, 엘리스, 이그닐, 이타콰.

라이라, 요르문간드, 유서희, 시리아, 김민식.

암흑인과 월천, 그 외에 잊지 말아야 할 모든 걸 쏟아부었다.

-신이 될 것이냐?

그러자 누군가가 묻는 것만 같았다.

나는 고개를 저었다.

'나는 인간이고 싶다.'

욕망에 충실하며 이기적이기 짝이 없는 인간이고 싶었다.

더 이상 나는 참지 않을 것이다.

오로지 나를 위해, 나의 욕망만을 위해 살겠다.

신. 그 완전무결함과는 전혀 다른 모습. 오히려 결점투성이인 나를 나는 좋아한다.

완벽하진 않지만 완벽해지려고 항상 노력해 왔기에 이 자리에 다다를 수 있었으니까.

실패하고, 다시 도전하고, 그리하여 거머쥔다.

나는 포기를 모르는 인간이었으므로!

-그렇다면 인간이 되어라. 인간 중의 인간. 그 정점에 올라라.

에인션트 원. 내게 '천지인'의 직업을 수여한 그가 눈앞에 아른거리는 것만 같았다.

나는 그로 말미암아 모든 사람의 '기억'을 엿볼 수 있게 됐다.

아마도 칠 대 죄악의 '상태'가 사람들에게 전이되는 건 그 영향일 터였다.

하지만 그는 여기서 만족하지 말라고 하였다.

-모든 것을 짊어져야 할 때가 곧 올 것이다.

위대한 별이 요동치며 폭주하고 있었다. 부서지기 직전의 그릇을 보듯. 균열이 생겨 안의 내용물이 넘쳐흐르려는 중이었다.

"아름답지 않나?"

안달톤 브뤼시엘. 그는 별을 올려다보고 있었다. 터지기 직전의 그것을 위대한 보물을 보는 것처럼 눈을 반짝이며 말이다.

그에게 있어서 위대한 별은 더없이 아름답고 더없이 가치 있는 것이었다.

집념에 가까운 열망. 누구보다 강렬한 욕구가 그에겐 있었다.

-멍청한 놈. 흐레스벨그의 뜻대로 놀아나는구나.

뚝! 뚝!

안달톤 브뤼시엘의 검 아래에 제로가 피를 흘리며 목이 잘린 채 바닥을 구르고 있었다.

수천만, 수억 명의 생명이 담긴 탑은 무너지고 그 많던 괴물도 모두 두 동강이 났다.

믿을 수 없었다. 데몬로드를 웃도는 지저의 용도, 암흑 그 자체인 자신의 힘도, 모두 통하지 않았다.

절대로 패배는 없으리라 자신했건만, 안달톤 브뤼시엘의 강함은 상상 이상이었다.

왜? 안달톤 브뤼시엘에게 질 이유 따위 단 하나조차 존재하지 않았건만.

"위대한 별은 오로지 나만의 것이다. 그 독수리는 나의 것을 건드릴 수 없다, 제로."

하지만 안달톤 브뤼시엘은 자신했다. 그의 얼굴엔 자신감이 가득 차 있었다.

그 역시 자신의 패배를 생각하지 않고 있었다. 이 승리를 너무나도 당연하게 받아들이는 중이었다.

그 자신감 속에서 무언가를 발견한 제로가 눈을 크게 떴다.

-너는 단순한 '왕'이 아니로군.

제로는 상대의 머릿속을 헤집어 볼 수 있다. 그가 목소리를 잃은 대신 얻은 권능. 안달톤의 심상을 읽은 제로의 몸이 꿈틀거렸다.

-너는…… 존재해선 안 될 자.

보였다.

안달톤 브뤼시엘이 강해질 수 있었던 이유.

끝까지 살아남아 여기까지 도달할 수 있었던 진정한 이유!

생각해 보면 이상한 일이었다.

사자왕의 핏줄을 이은 데몬로드라니. 사자왕도, '둠'도 살려 둘 리 없는 조건이다. 그러나 둘은 안달톤 브뤼시엘을 크게 두둔하지 않았다.

별로 신경도 안 쓴다는 듯이. 그래 봤자 한계가 있다는 듯이.

-완전함을 덮어쓴 가짜였구나.

아무도 안달톤 브뤼시엘이 얻은 권능을 알지 못했다.

'악신'과 대화를 할 수 있다고 하는데, 그게 권능이라면 참으로 조촐하다.

하지만 진정한 권능은 따로 있었다.

안달톤 브뤼시엘은 본래 죽었던 자. 그러나 현재 그는 존재한다. '별'의 영향으로 되살아난 존재이기 때문이다.

안달톤. 그와 계약한 브뤼시엘이라는 악신이 수작을 부렸다.

그것은…… 말 그대로 우주수의 지배자인 흐레스벨그조차 읽지 못한 한 수가 될 수도 있겠다.

-위대한 별'을 복사할 줄이야. 네놈도, 네놈과 계약한 악신도 정상은 아니로군.

이 세상엔 가짜가 판을 친다.

가짜가 진짜 행세를 하며 위세를 부렸다.

가짜 신, 가짜 악마, 그 외에 온갖 진짜가 아닌 것들.

그럼에도 그것들은 어느 정도 진짜의 내용물을 가지고 있었다.

하지만 아무도 '위대한 별', 저 거신의 내용물을 복사할 수 있으리라곤 생각하지 못했다. 당연히 불가능하다고 생각했다.

저것은 '위대한 별'로 불리지만, 온갖 추잡한 욕망이 뒤섞인 항아리와 같다.

세계를 집어삼키지 않으면 완성되지 못할 정도로 정교하고 복잡하기 짝이 없는.

안달톤 브뤼시엘은 고개를 끄덕였다.

"위대한 별의 힘이 강해질수록, 나의 힘도 강해진다."

인정하는 꼴이었다.

이미 아무도 자신을 막을 수 없다는 확신을 가진 채.

지금, 위대한 별은 폭주하고 있었다. 내용물이 흘러넘칠 정도로 강대한 힘을 모든 곳에 흩뿌리는 중이었다.

비록 위대한 별만큼은 아니지만, 위대한 별의 영향력이 강대해질수록 안달톤 브뤼시엘의 힘 역시 기하급수적으로 강해졌다.

퍼석!

안달톤 브뤼시엘이 제로의 머리를 짓밟았다.

제로의 생명이 다하자 그의 영혼이 동시에 위대한 별로 빨려 들어갔다.

'이제…… 하나.'

휘이이이이이이이이익!

그 순간.

거센 돌풍과 함께 한 여인이 검을 놀렸다.

푸욱!

검이 안달톤의 어깻죽지를 베었다. 안달톤이 찰나와 같은 시간, 초월적인 움직임으로 피하지 않았다면 그대로 목이 떨어졌을 것이다.

"승리의 순간을 노리다니, 너무 치사한 것 아닌가? 라이라 디아블로여."

안달톤 브뤼시엘이 입을 열었다.

라이라는 입술을 꽉 깨물었다. 숨고 또 숨으며 이 기회만을 노렸다.

둘 중 하나가 죽었을 때, 승리를 만끽하며 방심할 그 순간만을.

하지만 실패했다. 처음 일격이 실패한 순간 라이라의 승산은 없다.

다만, 안달톤도 마냥 무사한 건 아니었다.

라이라가 휘두른 왼쪽 가슴에 박힌 가시가 빠지지 않았다.

"빠지지 않는다? 특이한 가시로군. 상처가 회복되질 않아. 그러나 그뿐이다. 내게 그 이상의 영향을 줄 수는 없지."

제로를 죽인 직후 그의 힘은 더욱 강해졌다.

안달톤 브뤼시엘. 가장 강대한 괴물을 꼽자면, 그였다.

최후까지 살아남는다면 절대로 이길 수 없는 괴물!

아무도 그의 진면목을 파악하지 못했다. 파악할 수 없도록 했다. 그래서 더욱 무서운 것이다.

'피해야 돼.'

그녀는 멍청하지 않았다. 냉정하게 상황을 판단할 줄 알았다.

그래도 상처를 줬다면 다행이다. 자신의 정혈을 모아 만든 여왕의 가시. 결코 쉽게 빼낼 순 없으리라.

남은 건 도망.

지금은 발을 뺄 때였다.

"놔주지 않겠다. 너는 아주 특별한 '상품'이 될 테니."

"……!"

하나 순식간에 안달톤이 라이라의 뒤를 잡았다. 보이지도 않았다.

가속을 사용하여 누구보다 빠르게 달릴 수 있는 라이라조차도.

"네가 죽으면 우리엘 디아블로…… 오한성의 분노를 극한까지 끌어올릴 수 있겠지. 모든 힘을 다하여 나를 죽이려 들 것이다."

"그게 무슨……?"

"아아, 너희는 잊었던가? 우리엘 디아블로와 오한성은 같은 존재라는 걸."

라이라의 눈에 파문이 일었다.

어렴풋이 섞여 들어온 기억. 설마 그 기억이 진짜라고?

"스스로 망각의 샘물을 몸에 들이다니. 참으로 미련한 놈이다. 악마도, 인간도 되지 못한 어중간이. 그게 놈의 약점이지. 하지만……."

안달톤이 웃었다.

"그래서 더욱 값지다. 나와 녀석은 닮았어. 진짜도, 가짜도 아니지. 나는 녀석이 스스로를 불태우며 나와 대적하길 바란다."

안달톤이 얼음처럼 차가운 순백의 검을 휘둘렀다.

푸욱!

뚝-

세계가 조용해졌다. 아무런 소리조차 들리지 않았다.

눈을 뜨고 나는 바깥을 바라봤다.

고요한 세상 속에 오로지 위대한 별만이 울고 있었다.

결판이 난 것이다.

안달톤 브뤼시엘과 제로.

둘 중 승자가 나왔다.

'이제 내 차례.'

완성된 검을 들어보았다.

월천. 스스로 찬란한 빛을 내뿜는 검.

루의 창에 입혀진 새로운 형태였다. 신의 전사, 그중에서도 최강의 존재에게만 수여되던 그 창과 모든 용의 힘을 담은 검의 힘이 합쳐지며 세계에 울림을 퍼뜨리는 '격'을 갖추게 되었다.

['아카식 레코드'에 등재되지 않은 무기입니다.]

[정보를 확인할 수 없습니다.]

모든 차원의 정보가 모인 것이 '아카식 레코드'다. 각성자들이 확인할 수 있는 이 '정보'는 모두 그곳에서 나온 것이었다.

하지만, 지금 내가 든 이 검은 그곳에도 등재되지 않은 최초의 무구다.

어느 것 하나 확인되지 않은 미지의 물건.

물론 검의 주인인 나는 이 검이 뿜어내는 현격함을 느낄 수 있었다.

'신을 베고 꿰뚫는 무기.'

'루의 창'은 믿음의 창이었다. 라이라의 어머니인 엘레나. 그녀는 '믿음'을 담당하는 발키리였으니까.

그리고 그 믿음의 힘이 월천에 부여되었다.

'내가 믿는다면 그대로 실현될지니.'

하지만 무한하지 않다.

한 번. 이 힘이 적용되는 건 단 한 번뿐.

그 뒤에 무기는 힘을 소진하고 평범한 월천으로 돌아간다.

다시 '소원력'을 회복시키기 위해선 루의 창과 동급의 힘이 필요했다.

그렇다.

이것은 말 그대로 '소원'을 이뤄주는 힘이었다.

물론 어디까지나 이 무기의 성능 내에서. 나의 믿음의 크기에 비례하여 달라지겠지만.

적어도 모든 걸 뒤집을 수 있는 한 방은 되리라.

고오오오오오오오-

'나를 부르고 있구나.'

위대한 별이 부르짖었다.

싸우라고. 결판을 내라고.

나는 떠났다. 마지막 적과의 전투는 극렬할 것이다. 대륙 하나쯤은 가볍게 지상에서 사라질지도 모른다.

나는 위대한 별의 울음에 따라 움직이며 대륙 하나를 건너뛰었다.

그리고 그를 볼 수 있었다.

안달톤 브뤼시엘!

"마지막 전투를 시작해 보자. 오한성! 나의 유일무이한 대적 자여!"

그리고 또한 볼 수 있었다.

그의 검에 찔린 채 새하얗게 질려 버린 라이라의 차디찬 신체를.

'아…….'

뚝. 뚝.

라이라의 입가에서 흘러내리는 피는 결코 연출이 아니었다. 그녀를 내가 잘못 봤을 리도 없었다.

라이라다. 라이라 디아블로.

정신이 번쩍 들었다. 그 순간, 나는 달리고 있었다.

콰득!

모든 걸 먹어치우는 악령들의 날개가 안달톤의 전신을 마구 헤집었다.

"하하하! 그래, 그래야지!"

하지만 안달톤은 웃으며 검을 휘둘렀다.

그가 휘두르는 검은 묘한 마력을 띠고 있어서 암흑인으로 이루어진 날개조차 쉽게 접하지 못했다.

'천마신공.'

눈이 빛났다. 내 안에서 날뛰던 마력들이 정렬되며 주변의 모든 영역을 지배하기 시작했다.

나는 하늘과 마귀의 주인. 모든 것은 나로부터 시작되며 나로부터 끝나노니. 안달톤 브뤼시엘이라고 해서 다르진 않을 것이다.

쾅! 쾅! 콰아아아앙!

검을 휘두르자 안달톤의 몸이 촛불처럼 위태롭게 흔들리며 지상에 파묻혔다.

나는 그대로 추락하는 안달톤의 몸에 올라 계속해서 검을 내려쳤고, 그럴 때마다 그는 밑도 끝도 없는 지하 아래로 처박혔다.

나는 분노하고 있었다.

모든 분노를 토해내고 있었다.

마지막 관문. 그리고 라이라를 본 순간, 눈이 돌아버렸다.

"더욱 분노해라! 너의 분노를 내게 더 부딪혀 봐라! 오한성!!"

쩌적! 쩌저적!

안달톤의 등 뒤로 거대한 태양의 날개가 펼쳐졌다.

빛으로 가득 찬 그 날개는 나의 것과 굉장히 상반되는 것이었다.

화아아악!

날개에서 빛이 일자 악령의 날개가 일순간 위축되었다.

인상을 찌푸렸다. 저 빛, 저 마력…… 위대한 별, 거신의 것이 아닌가.

하지만 이후의 생각을 이어 나갈 시간은 없었다.

안달톤 브뤼시엘의 검이 점차 거대해지더니 내 목을 노리고 달려들었기 때문이다.

아니, 거대해진 것처럼 보였다. 그가 휘두른 일격. 여태껏 접해보지 못했던 위력이었으니.

콰르르릉!

받아치자 어깨가 저릿했다. 제로와 싸우며 힘이 약해져 있을 거란 기대는 이미 사라진 상태였다.

확신할 수 있었다. 강해졌노라고. 제로와 싸울 때보다 더.

그제야 나는 안달톤 브뤼시엘의 힘의 원천이 어디인지 깨달았다.

'위대한 별.'

저 별과 함께 강해지고 있는 것이란 걸.

저 날개는 별의 상징.

별로부터 힘을 얻은 자의 증표였다.

안달톤의 검은 내 눈으로도 따라가기 힘들 만큼 빨랐다.

한 번이라도 공격을 허용했다간 그대로 목이 달아날 것이다.

정상적이지 않다. 지극히 비정상.

하지만 나부터가 비정상의 극을 달리는 존재였다.

'비정상과 비정상.'

우리는 이미 궤를 달리하였기에 지금 검을 맞대고 있었다.

그것을 나도, 안달톤 브뤼시엘도 알았다.

"고작 이 정도냐? 이 정도의 분노로 모두를 구하려고 했단 말이냐! 그렇다면 나는 너의 모든 것을 파멸시켜 주마!"

광기. 여태껏 접하지 못해본 광기가 그에게서 흘러넘치고 있었다.

어디 한번 지켜보라고.

더, 더 부딪혀 보라고. 모든 것을 불살라서 자신을 상대하라고!

그렇지 않으면…… 내가 지키고자 했던 모든 게 사라질 것이라고 말이다.

꽈드득!

콰직!

검을 맞댈 때마다 뼈가 부서졌다. 그와 나는 상극(相剋)이었다. 기본적으로 맞지를 않았다. 성향도, 성격도, 그 외의 모든 것이.

자석의 N극과 S극 같은 이야기가 아니다. 우리는 너무나도 달랐기에 결코 섞이지 않았다.

그저 부수고, 파멸시키며, 한쪽이 없어질 때까지 무한정 부딪힐 뿐.

'하지만.'

검을 맞대고 확신했다.

안달톤 브뤼시엘은 강하다.

하지만, 저 별처럼 강하진 않다.

놈은 그저 별의 힘을 '빌리는' 것에 지나지 않았다.

그리고…… 나는.

나는 '별'을 부수려고 하는 자였다.

휘이이이이이!

바람이 불었다.

나는 안달톤이 아닌, 나 자신을 되돌아보았다.

내게 섞여 있는 수많은 힘.

원한다면 나는 다른 존재가 될 수 있었고, 다른 존재로 변신할 수도 있었으며, 나의 것이 아닌 힘을 사용할 수도 있었다.

하지만 궁극점은 결국 하나로 이어진다.

나는 선택해야 했다. 무엇이 될 것이냐는 지극히 간단한 물음.

여태껏 대답을 미뤄왔지만 이제는 비로소 말할 수 있었다.

'나는 인간이다.'

인간이 될 것이다.

고통도, 슬픔도, 그 외의 모든 감정을 온전히 인정하며. 때로는 선하고 때로는 악한 그런 인간이 말이다.

그런 의미에서 지극히 한쪽으로 치우친 안달톤 브뤼시엘은 나의 적이라고 할 수 있었다.

[모든 인자가 융화되며 하나의 인자만이 남겨집니다.]

[인간(100%)]

[천지인의 능력이 극대화됩니다.]

[모든 능력치가 극대화됩니다.]

"마음을 굳혔구나. 나의 대적자여!"

안달톤 브뤼시엘이 미소를 지었다.

미친놈이다. 하지만 지금의 나는 더욱 미쳐 버릴 것만 같았다.

놈은 이 싸움을 게임처럼 생각하고 있는 듯했다. 하지만 나에게 있어선 피할 수 없는 현실이었다.

지키느냐, 지키지 못하느냐. 오로지 두 가지 선택지 외엔 없는.

콰앙! 콰아아앙!

검과 검이 부딪힐 때마다 거친 굉음이 세상을 뒤흔들었다.

바다가 갈리고, 대지가 박살 나며 주변의 모든 게 사라져 갔다.

"이런 싸움을 원했다! 역시 너는, 너만이 나의 대적자가 될 수 있으니!"

안달톤의 입가에선 웃음이 떠나질 않았다.

씨발. 뭐가 저렇게 웃긴 거지?

여태껏 나는 참아만 왔다.

나는 더 이상 참지 않기로 했다.

쾅! 쾅! 쾅! 콰아앙!

미친 듯이 검을 휘둘렀다. 모든 분노를 담아서. 오로지 놈 하나를 죽이고자.

"오한성! 너는 나와 닮았다!"

너와 나는 상극이다. 결코 닮을 수가 없다.

고오오오오오오-

악령들이 반응했다. 잊힌 자들. 그러나 나에게 있어선 잊히지 않은 자들.

그들은 내 분노에 응답하며 더욱 나의 분노에 살을 찌웠다.

검에 들어가는 힘에 제한이 사라지고 있었다.

콰칭!

안달톤 브뤼시엘의 검이 부러졌다.

무기를 잃은 안달톤은 양손을 자신의 날개로 뻗어 빛으로 이루어진 쌍검을 들었다.

"분노가 몸을 삼켰구나! 너의 분노와 나의 환희! 어느 게 더 강한지 겨뤄보자!"

저 빛에 닿자 월천에 그을음이 생겼다.

그러나 월천은 결코 꺾이지 않았다. 월천에 담긴 빛 또한 거신의 빛에 비해 부족함이 없었기 때문이다.

또한, 저 빛은 불안정하기 짝이 없었다.

사용자와 상대 모두를 파멸로 이끄는 빛이었다.

그럼에도 안달톤은 아랑곳하지 않았다.

그저 즐거우면 그뿐.

노력하는 자는 즐기는 자를 이길 수 없다고 했던가?

하지만, 나는 언제나 단순한 노력이 아닌 발악을 해왔다.

-인생은 선택의 연속이라고들 말한다.

하지만 결과가 정해져 있다면 그 '선택'에 무슨 의미가 있는 걸까?

정해진 결과를 선택이라 말하고 노력하는 것.

그것을 발악이라 말한다. 하물며 정해진 결과가 비참하기 짝이 없다면 이보다 더 추한 모습은 없을 것이다.

하지만, 나는 또한 이렇게 생각한다.

즐기는 자는 발악하는 자를 이길 수 없다고.

발악하는 자는 어느 상황에서건 최선을 다하기 때문이다.

발악하는 자는 최악일수록 빛을 발한다.

설령 그것이 자기 자신을 태우는 일이라 할지라도!

화아아아아악!

얼마나 싸웠을까.

몇 날 며칠, 밤과 낮이 계속해서 뒤바뀌며 우리는 그저 끊임없이 싸우고 있었다.

그러던 어느 순간.

안달톤이 든 빛의 검.

그 검에서 빛이 나에게로 흘러들어오기 시작했다.

"거신이…… 위대한 별이 내가 아닌 너를 선택했다고?"

안달톤의 입가에서 미소가 지워졌다.

그는 자기 스스로를 위대한 별의 계승자라고 생각하고 있었다.

하지만 결국 위대한 별은 안달톤 브뤼시엘이 아닌 오한성, 나의 손을 든 것이다.

그의 입가에 미소가 지워지는 그 순간이 내가 승리하는 순간이었다.

푸하아아악!

월천이 안달톤의 심장을 그대로 쪼갰다. 심장에서 요동치던 마력이 흩어지며 안달톤은 순식간에 죽음으로 물들어 가고 있었다.

"이건…… 어떻게……?"

"악신이 말해주지 않던가? 이번에는 네가 졌다고 말이다."

안달톤 브뤼시엘은 악신의 말을 들을 수 있다.

하지만 그 누구도 진짜인지 확인은 하지 못했다.

다만, 안달톤의 눈가가 잔뜩 찌푸려지는 것만은 확인할 수 있었다.

"대단하군. 무엇이 너를 그토록 강하게 만든 거지?"

"절박함."

나는 모든 상황에서 항상 절박했다.

포기하지 않았다. 끝까지 해냈다.

"하긴, 나와 너의 욕망 중 너의 욕망이 더 컸다는 거겠지."

안달톤 브뤼시엘이 씁쓸하게 웃었다.

절박함.

그것을 또 다른 말로는 욕망, 욕구라 한다. 안달톤의 욕망과 나의 욕망이 부딪혀 내가 승리한 것이다.

"네가…… 이겼다. 흐레스벨그의 뜻대로 되었군."

"아니, 결코 놈의 뜻대로는 되지 않는다."

"그래? 후후, 저 안에서 한번 지켜보마. 돌아온 자여."

푸하아아아아악!

폭사(爆死)였다. 안달톤의 전신에 균열이 가더니 그대로 폭발을 일으키며 사라졌다.

이내 그의 혼은 위대한 별까지 인도되었다.

나는 가만히 그 모습을 지켜보다가 다시금 몸을 돌려 라이라에게 다가갔다.

'아……'

차갑다. 체온이 느껴지지 않는다.

무엇이라도 말을 해줬으면 좋겠지만 죽은 자는 말이 없었다.

나는 천천히 월천을 그녀의 몸 위에 올렸다.

월천. 그 안에 숨겨진 빛의 창.

창의 힘이 담긴 월천은 한 가지 '소원'을 이룰 수 있게 해준다.

만약 내가 원한다면…… 라이라를 다시 되살려내는 것도 가능할 것이다.

"아이들을 부탁해요."

하지만 그녀의 목소리가 들려오는 듯했다.

그람, 엘리스.

나와 그녀의 아이들.

이를 악물었다. 월천을 들고 자리에서 일어났다.

<u>고오오오오오오오오오오오-</u>

안달톤 브뤼시엘의 영혼을 받아들인 위대한 별이 넘쳐흐르기 시작했다.

이내 저 별은 폭발하고 세계를 잠식할 것이다.

예전에 민식이가 꿨다는 꿈이 떠올랐다. 세계가 멸망하고 거대한 괴물만이 남게 되었다는.

-너는 결코 위대한 별을 가질 수 없다.

하늘이 빛났다. 거대한 빛과 함께 '그'가 내려왔다.

흰 수염을 길게 늘어뜨린 노인.

흐레스벨그.

-위대한 별에 장난질을 친 모양이지만, 그래 봤자 장난질! 창조는 불가능해졌으나 파괴만은 아직도 가능하다! 네가 지키고자 했던 모든 것, 모든 세계를 모조리 없애주마!

흐레스벨그는 균열을 일으키는 자다. 그는 자신의 역할에 충실하고 있었다.

하지만 그가 모든 걸 파멸로 이끌겠다면, 나는.

'파멸을 막을 것이다.'

검을 들었다.

그리고 소원을 빌었다.

저 별의 폭주를 막을 수 있는 유일한 방법.

위대한 별은 흐레스벨그의 존재력이었다.

위대한 별이 존재하기에 흐레스벨그도 존재한다. 그것을 깨달은 순간 오로지 하나의 해결 방법만이 뇌리를 스쳐 지나갔다.

"니드호그."

저주받은 뱀.

모든 저주의 종주!

우리엘 디아블로가 사용하는 저주는, 저 뱀의 저주에 비하면 귀여운 수준이었다.

신을 먹어치우고 세계를 먹어치울 그 뱀을, 나는 소환했다.

쿠룽! 쿠르르르룽!

심연의 입구가 열리며 끝이 보이지 않을 정도로 거대한 뱀이 모습을 드러냈다.

-네놈…… 설마?

흐레스벨그도 당황했다.

당황할 수밖에 없을 테지.

설마 저 뱀을 소환할 줄은 모르고 있었을 테니까.

단 한 차례. 둠이 소환한 적 있는 뱀이었다.

하지만 그때에도 둠은 니드호그의 전신을 소환할 수 없었다.

하지만, 루의 창이 가진 '소원력'은 그것을 가능케 하였다.

"같이 뒈져라."

구아아아아아아아아아아아-!

니드호그가 그대로 입을 벌려 위대한 별을 집어삼켰다.

위대한 별의 껍데기. 그리고 그 힘의 중추를.

흐레스벨그를!

-저열한 뱀 따위가 나를 어찌할 수 있을 것 같으냐!!!

니드호그의 배가 미친 듯이 출렁대기 시작했다.

위대한 별의 힘을 지닌 흐레스벨그가 격렬하기 저항하고 있었기 때문이다.

나는 가만히 그 광경을 지켜봤다.

추악함과 추악함이 부딪히고 있었다.

하지만 추악함의 말로는 뻔했다.

푸하아아아아아아아아아악!

니드호그의 전신이 순간 팽창하고, 쪼그라들었다.

이내 니드호그와 위대한 별의 모습이 거짓말처럼 없어지고, 대신 그 자리에 거대한 블랙홀 하나가 생성되었다.

-이대로 끝날 것 같으냐? 아직 세계엔 나의 '영향력'이 남아 있으니! 너희 모두를 내 길동무로 삼으리라!

그 블랙홀의 안에서 거신의 손 하나가 튀어나왔다.

어떻게든 빨려 들어가지 않으려고 발악하면서도, 동시에 손가락을 뻗어 자신이 원하는 바를 이루려고 하고 있었다.

영향력.

다른 말로는 '각성자'들.

본래 최후의 전쟁이 끝나면 모든 각성자는 위대한 별의 거름이 된다. 각성하는 순간 새겨진 각인이며 피할 수 없는 약속과도 같았다.

나 역시 각성자였다. 하지만 신성을 지닌 나는 저 계약에서 벗어났다.

하지만 그러지 못한, 나를 제외한 모든 각성자가 저 안으로 빨려 들어가게 된다면 지구에서 인간은 멸종하게 될 것이다.

'칠 대 죄악.'

나는 안달톤 브뤼시엘이 남기고 간 나머지 죄악들을 들었다.

순간.

[강렬한 '탐욕'이 생성되었습니다.]

[천지인(天地人)은 모든 것과 통하는 길과 같습니다. 강제적으로 '탐욕 상태'에 돌입합니다.]

[강렬한 '시기'가 생성되었습니다.]

[천지인(天地人)은 모든 것과 통하는 길과 같습니다. 강제적으로 '시기 상태'에 돌입합니다.]

[강렬한 '교만'이 생성되었습니다.]

[천지인(天地人)은 모든 것과 통하는 길과 같습니다. 강제적으로 '교만 상태'에 돌입합니다.]

[모든 죄악이 교류되었습니다.]

나는 모든 각성자와 통하는 길을 알고 있다.

그들 모두가 내가 느낀 모든 죄악을 공유했다.

7대 죄악. 인간이 가지고 있는, 없어선 안 되는 감정들.

죄악이라 칭하지만 인간이기에 당연히 가지고 있는 것들.

그것들을 나와 공유하고 나누며, 동시에 강한 '유대'가 생성되었다.

그 순간.

'절대 지배.'

나는 지배하고자 했다.

우리엘 디아블로의 권능.

그것이 극한에 이르렀을 때 사용할 수 있는 절대 지배!

그러자 단 하나의 글귀가 내 눈앞에 아른거렸다.

[모든 인류를 지배했습니다.]

인간의 정점.

인류의 지배자.

그들은 내게 예속되었고, 그 순간 위대한 별의 계약은 무효화되었다.

나는 뛰어올랐다.

블랙홀의 앞에서 위대한 별이 된 흐레스벨그를 바라보자 내 안에 잠든 모든 악령이 미쳐 날뛰기 시작했다.

잊힌 자들.

암흑인들은 흐레스벨그를 덮쳐 그 안에 존재했던 모든 것을 빼앗았다.

모든 신, 모든 가여운 영혼들을, 천마를, 현장을, 그람을, 엘리스를⋯⋯.

"너 혼자 가라."

이내 혼자 남게 된 흐레스벨그의 손을 월천으로 내려쳤다.

-아아아아아아! 너는 결코 원하는 바를 이룰 수 없으리라!

저주와 함께, 그가 블랙홀 안으로 사라졌다.

이내 완전히 모습을 감추자.

휘이이이이이이이이익-!

블랙홀이 닫혔다.

거짓말처럼 세상이 조용해졌다.

'끝났다.'

지상에 떨어진 뒤 가만히 자리에 주저앉았다.

마침내 모든 게 끝났다.

강대한 적들을 상대로 승리했다.

발악하고, 또 발악하며…… 결국.

나는 가만히 라이라의 신체를 보듬어 안았다.

뚝, 뚝.

눈물이 흘러내렸다.

모두를 지켰지만 그녀 하나만은 지키지 못했던 탓이다.

"한심한 놈. 울고 있는 게냐?"

쯧쯧.

누군가가 혀를 차며 다가왔다.

나는 가만히 위를 올려다보았다.

절대적인 미의 기준이 있다면 그녀를 가리키는 것이리라.

"요르문간드."

그녀가 어느덧 이곳에 도착해 있었다. 거짓이 아니라 진짜 신체를 가진 채로.

"짐의 반려가 그 정도 일에 울다니, 아직 멀었도다. 하지만 걱정 마라. 짐은 마음이 약해 반려의 슬픔을 그대로 묵인할 수 없으니."

"방법이, 있는 건가?"

"네가 나를 불러내지 않았더냐? 펜리르도, 헬도 아닌 나를 말이다."

내가 요르문간드를 불렀다고?

그런 적 없다.

의아한 눈초리를 던지자 요르문간드가 말했다.

"인류를 지배하며 네가 성취한 것이 있지 않더냐?"

아…….

그 말을 듣고서야, 나는 인류를 지배했다는 말 다음에 떠오른 글귀들을 기억해 냈다.

[모든 인류를 지켜냈습니다.]
[선 성향이 100에 다다릅니다.]

선 성향.

그러고 보니, 펜리르와 헬의 목소리가 더 이상 들리지 않았다.

선 성향과 악 성향이 절반을 이루면 펜리르이, 악 성향이 100에 다다르면 헬이 나타난다고 했지만, 정작 나는 두 가지 모두 거절한 것이다.

그리고 선 성향이 100에 이르면서…… 그녀, 요르문간드가 나타난 것이었다.

"너로 인해 짐은 재차 '존재'를 얻었노라. 그리고 라타토스크, 너희들이 알레테이아라 울부짖던 그녀가 짐에게 다음 역할을 맡겼지."

요르문간드가 라이라의 이마에 손을 얹었다.

동시에.

화르르륵!

빛이 일며 파르르 라이라의 신체가 떨렸다.

두근! 두근!

그리고 그녀의 심장이 거세게 뛰기 시작했다.

"완전히 되살려낸 게 아니다. 그녀의 영혼은 다시 정착시켰지만, 그녀의 기억은 완전하지 않을 수도 있노라. 라타토스크의 힘은 원래부터 그런 것이니까."

"괜찮다. 괜찮아……."

와락.

라이라를 끌어안았다. 살아만 있다면 그다음은 내가 알아서 할 것이다. 무엇이든 해줄 것이었다.

"세계는 다시 수복된다. 남은 인류가 힘을 합친다면 보다 빠르게 수복되겠지. '잊힌 자들', 원래는 존재해선 안 되는 그자들은 후대로 이어지며 다시금 태어날 것이다."

"다시 태어난다?"

"그날. '색욕'이 발동한 날, 수많은 씨앗이 잉태되지 않았더냐. 그 씨앗으로 그들은 다시 태어나리라. 안 그러면 짐이 그들을 지워야 하니."

출렁!

내 등 뒤를 장식하던 검은 날개가 출렁이며 암흑인들을 뱉어내기 시작했다.

모든 암흑인이 정렬하자 날개는 사라졌다.

대신 그들은 나를 향해 인사하며 고마움을 표했다.

잊힌 자들, 그들이 다시 '존재력'을 갖게 된 것이다.

"반려여, 너는 어떠한 삶을 살고 싶더냐? 너는 인류를 구한 영웅이다. 신을 죽인 괴물이기도 하지."

"오한성."

"……?"

"오한성이면 돼."

영웅도, 괴물도 이제는 필요 없는 세상이 될 것이다.

모든 문이 닫혔고, 지구와 인류는 살아남았다.

더 이상의 전쟁은 있어선 안 된다.

"그렇군."

요르문간드가 미소를 지었다.

"너는 이제 어떻게 되는 거지?"

"운명의 여신들과 함께 위그드라실을 재건해야겠지. 잠시 헤어지겠지만 짐은 항상 너를 지켜보고 있노라. 그리고 짐의 사랑스러운 아이를 부탁하마."

쪽!

가볍게 이마에 입을 맞춘 후 요르문간드가 손을 흔들었다.

그러자 그녀의 신체가 점차 흐릿해지더니 이내 사라졌다.

나는 가만히 하늘을 올려다보았다.

끝났다.

하지만 완전히 끝난 건 아니다.

우리는…… 새로운 시작을 맞이한 것이다.

새로운 아침을, 새로운 희망을.

나는 가만히 숨죽여 울었다.

이 모든 것에 감사하며.

종장
에필로그

세계는 빠르게 재건축되었다.

남은 모든 인류가 힘을 합치자 무서운 속도로 발전해 나갔다.

불과 5년.

인류가 다시 문명을 쌓는 데 걸린 시간이었다.

"……이름 없는 영웅에 대해 들려주마. 악마를 죽이고 신들을 처단하며 세계를 구한……."

"또 저 얘기하신다."

"귀에 딱지 앉겠어."

"한 번만 더 들으면 백 번째야."

학교 안.

아주 어린 아이들부터 아직 성인이 되지 못한 소년소녀들이 모여 앉은 반 안에서 한 남자가 수업을 진행하고 있었다.

하지만 아이들은 하품을 흘려대며 고개를 흔들었다.

"천마 선생님! 그 얘기는 그만 좀 하면 안 될까요?"

"어허. 끝까지 들어봐라, 그럼. 뒷얘기가 더 재밌으니까."

그람이라 불린 남학생은 한숨을 크게 내쉬며 자리에 앉았다.

"오빠, 포기해. 포기하면 편해."

그때 뒤에서 앳되고 귀여운 여자아이가 그람의 등을 콕콕 찌르며 말하자 그람은 입맛을 다시며 입을 열었다.

"엘리스, 넌 지루하지도 않아? 소중한 수업시간인데."

"계속 들어도 재미만 있는걸."

"난 막 전신이 오그라들어. 저 얘기……."

"거기 두 명, 조용해라."

천마 선생이 언질하자 두 명은 즉시 입을 닫았다.

"크흠, 하여간 신들을 처단하며 세계를 구한 이름 없는 영웅이 있었다. 그러나 누구도 그 영웅을 알지 못했다. 영웅은 스스로 지워지길 원했으니까. 다른 이들과 다를 바 없는 평범한 인간으로서의 삶을 살기로 한 거다."

"세계를 구한 건 총사령관 김민식 님이잖아요?"

"맞아. 맨날 다른 사람이 구했대."

"신고하자!"

어린아이들이 하하 웃으며 농담조로 말함에도 천마 선생의

낯빛은 전혀 변하지 않았다.

"괴물들이 침투하는 모든 '문'이 닫힌 줄 알았지만, 그러지 않았다. 영웅은 남은 '문'을 닫으며 세계의 뒤쪽에서 아직도 활약하고 있지. 그리고 잃어버린 것들을 찾아주며 지금도 인류에 헌신하고 있다. 그렇지 않니, 오공아?"

끼익! 끽! 끽!

작은 원숭이 한 마리가 어느새 교실로 들어와 천마 선생의 어깨 위에 앉았다.

"대체 저 원숭이 이름은 왜 손오공이야?"

"내비 둬. 그보다 수업은 언제 끝나지? 다음 시간은 '현장' 선생님인데."

"아! 빨리 끝났으면 좋겠다."

뗑~ 동~ 댕~ 동~

기다렸다는 듯이 수업 완료를 알리는 종이 울렸다.

아이들은 만세를 외쳤다.

천마 선생은 어깨를 축 늘어뜨리며 고개를 저었다.

"하여간 이래서 어린 것들은 안 된다니까. 참을성이 없어요, 참을성이."

"허허, 애들한테 못하는 말씀이 없으십니다."

잘생긴 청년 한 명이 거실로 들어오자, 모든 시선이 그에게 집중됐다.

하지만 천마 선생만은 청년을 바라보며 인상을 찌푸렸다.

"야, 인마. 현장. 머리 있어서 조금 잘생겨 보인다고 너무 우쭐해하지 마라. 하여간 이놈의 외모 지상주의는 알아줘야 된다니까."

"허허허. 지나친 것은 부족함만 못하지요. 저는 항상 겸손해하며 살고 있습니다."

"그럼 다시 벗든가."

"머리란 있다가도 없고, 없다가도 있는 것 아니겠습니까?"

"그래 봤자 가발……."

"커험험! 안 나가십니까?"

"나간다, 나가. 더러워서."

똥 씹은 표정으로 천마 선생이 나가자 현장이라 불린 청년이 미소를 지으며 아이들을 바라봤다.

"어제 어디까지 진도가 나갔었죠?"

지글! 지글!

향긋한 밀가루 냄새가 스멀스멀 올라온다.

오븐 안에서 구워지는 빵의 모습을 보며 라이라는 미소를 지었다.

"오늘도 예쁜 빵이 나오기를."

하지만 말과는 다르게 모습을 드러낸 빵의 모습은 형편없었다.

빵의 이름이 '지옥에서 돌아온 정체불명의 괴물'이라면 또 모르겠지만, 시각적으로는 도저히 빵이라 지칭할 수 없는 것이었다.

냄새도, 맛도, 솔직히 다른 빵집에 비하면 형편없었다.

하지만 빵집엔 항상 사람이 득실댔다.

"너무 맛있어!"

"황홀해! 천상의 맛이야!"

"모습은 또 어찌나 예쁜지!"

사람들은 극찬을 아끼지 않았다.

라이라는 손님들을 보며 미소를 지었다.

계산대에 선 남자, 크투가가 한숨을 내쉬며 그런 손님들을 바라봤다.

"사실을 알게 되면 어떤 표정을 지을지……."

"크투가, 뭐라고 했나요?"

"아닙니다."

크투가는 즉시 입을 닫았다.

불의 화신인 자신이 빵집에서 계산대나 보고 있다니.

이게 다 오한성, 놈 때문이었다.

놈은 세계를 구하고 세계가 재건되자 즉시 빵집을 차렸다.

물론 제빵사는 라이라였다.

그리고 '지배자의 힘'을 이용해 라이라가 만든 빵이라면 모두 맛있게 먹을 수 있도록 심상에 강력한 명령을 내렸다.

모든 걸 제치고 그것을 최우선하게 한 것이다.

그래서 모든 인류는 라이라의 빵을 정말 맛있게 먹을 수 있게 됐다.

'이거 완전 권력 남용 아니냐.'

뭐, 덕분에 라이라도 사람들도 행복한 표정을 짓고 있긴 하다.

더럽게 맛없고 정말 더럽게 생긴 빵이지만.

당사자들이 좋다는데 딱히 뭐라 할 말이 없다.

"어머니, 다녀왔습니다!"

"다녀왔습니다!"

그때, 빵집의 문이 열리며 두 아이가 모습을 드러냈다.

두 아이를 본 라이라의 미소가 더욱 짙어졌다.

"그람! 엘리스! 오늘은 조금 빨리 끝났구나?"

"이타콰 오빠가 태워다줬어요!"

"또 한바탕 난리가 났겠구나."

"아버지는요?"

엘리스는 세상 편한 소녀로 성장했다.

그람은 애어른이라 평하기에 딱 좋지만 라이라는 너무 어른인 척을 하려 한다며 가끔 아쉬워하는 모습을 보였다.

하여간 그람이 묻자 라이라가 고개를 끄덕이며 말했다.

"글쎄. 지금쯤 '그 사람'이랑 있지 않을까?"

"엘리스는 그 아저씨 무서워."

"또 둘이서 뭐 한대요?"

라이라가 어깨를 으쓱했다.

"'문'을 닫으러 갔겠지?"

"그럼 언제 돌아오신대요? 아빠 보고 싶은데."

엘리스가 라이라를 보챘다.

초롱초롱 빛나는 저 눈을 보고 있노라면 세상 누구도 엘리스의 부탁을 거절하진 못할 것이다.

"엘리스랑 그람 때문이라도 빨리 돌아오실 거야. 엘리스는 아빠가 돌아오실 때까지 엄마랑 목도리를 마저 짜볼까?"

"웅! 그럴래요."

"그람은?"

"공부해야죠."

너무나도 당연하게 공부를 언급한 그람이 라이라와 크투가에게 한 차례 인사를 한 뒤, 방으로 들어가 공부를 시작했다.

그 모습을 보며 라이라는 한숨을 내쉬었다.

"조금 더 어리광을 부려도 괜찮은데……."

"내버려 둬라. 짐의 아이이니. 알아서 잘할 것이야."

"요르문간드, 빵은 돈 내고 먹으세요."

귀신처럼 나타난 요르문간드가 어느새 진열대 위의 빵을
마구 집어 먹고 있었다.

그러곤 혀를 쯧쯧 찼다.

"그런데 이거 참 맛없구나. 생긴 것도 꼭 오크 밑구멍처럼 생
긴 게……."

"다른 사람들은 다 맛있다고 먹어요. 그쪽 감각이 이상한
게 아닌지?"

"흠? 그런가?"

라이라가 씩씩대자 요르문간드는 고개를 갸웃했다.

실상을 아는 유일한 한 명.

크투가만이 고개를 절레절레 저을 뿐이었다.

'내가 여기서 뭘 하고 있는 건지.'

평화로운 나날이었다.

"한성아, 한 번만 물러주라."

"남자는 뒤를 보지 않는다고 했다."

모두의 기대와는 다르게 둘은 바둑을 두고 있었다.

하지만 그 주변엔 온통 죽어버린 괴물 천지였다.

지구에 열린 '문'을 닫고, 남은 시간에 이렇게 바둑을 두는

게 어느새 둘의 일과가 된 것이다.

"……백2 위로 호구 쳐요."

"이그닐!"

오한성이 버럭 소리를 내질렀다.

몰래 김민식의 뒤로 간 이그닐이 아주 작게 훈수를 뒀기 때문이다.

하지만 그 소리를 오한성이 듣지 못할 리도 없었다.

다만, 그 순간 김민식의 입가에 미소가 만연했다.

"오호라. 이런 수가 있었구나!"

"무효야, 무효!"

결국 오한성이 판을 엎었다.

둘은 항상 이런 식이었다.

그래서 도무지 결판이 나질 않았다.

물론 그 문제의 근원을 따져 보면 이그닐이 놓는 훈수가 9할은 차지하고 있었지만.

"뭐야? 판은 왜 엎어? 내가 이긴 거 맞지?"

"무슨 소리야. 이그닐이 훈수 뒀잖아. 제삼자는 얌전히 지켜보고 있어야지!"

"패배자는 말이 없다."

"안 졌으니까 말이 많지!"

"아이고, 창피해라. 이그닐. 저런 놈 따르지 말고 나한테 오지 않을래?"

"……생각해 보고요."

이그닐이 새침하게 말하며 슬쩍 고개를 돌렸다.

이그닐 입장에서 둘이 두는 바둑은 정말 답답할 노릇이었다.

그런 걸로 싸우는 두 어른도 정말 어린애 같았고.

겨우 화를 가라앉힌 오한성이 쿵! 소리와 함께 자리에 앉았다.

"너, 결혼한다며?"

"그렇게 됐다. 영원히 없을 줄 알았는데. 나 좋다는 사람이 다 있네."

김민식이 피식 웃었다.

결혼. 자신과 가장 먼 단어인 줄 알았는데.

"축하한다."

"축하는 무슨. 그냥 조용히 왔다가 가."

"축의금 많이 넣을게."

"야, 나 세계대통령이야. 내가 돈이 없겠냐?"

총사령관이었던 김민식은 세계대통령으로 추대되었다.

그가 결혼한다는 소식을 아는 사람은 없었다.

오한성과 그 주변 몇을 제외하곤.

"대스캔들이네. 그럼 이 정보 돈 받고 팔아도 되지?"

"하지 마라. 안 그래도 요즘 피곤해 죽겠는데."

"상대는 괜찮대? 어리고 예쁜데 뭐가 좋다고 너 같은 놈이랑…… 야, 설마 돈 보고 결혼하는 거 아니겠지?"

"이 자식이 못하는 말이 없어."

스릉.

김민식이 슬쩍 피 묻은 검을 반쯤 꺼내 들었다.

그러자 오한성이 손사래를 쳤다.

"너는 제수씨나 잘 챙겨. 요즘 빵집이 잘돼서 손이 부족한 것 같던데."

"안 그래도 그 문제 때문에 싸웠어."

오한성이 한숨을 내쉬자 김민식이 크게 놀랐다.

"싸웠다고?"

"혹시 사람들 조종해서 억지로 맛있게 먹게 만드는 거 아니냐고…… 제길, 안 걸릴 줄 알았는데."

"하하핫! 이제 걸린 거야? 생각보다 늦었네."

그러면 그렇지.

언젠가 걸릴 줄 알았다는 듯 김민식이 웃자 오한성은 정말 심각한 표정으로 이야기했다.

"아무래도 요르문간드가 말해준 것 같아. 어떻게 하지?"

"어떻게 하긴. 무릎 꿇고 싹싹 빌어야지. 남은 빵은 네가 다 처리하고."

"내가 말하긴 뭐하지만, 진짜 맛없단 말이야. 내 미각은 왜 지배가 안 되는 거야?"

그때였다.

-나는 태풍의 왕! 세계를 잠식할 왕, 게살라스도다!

쿠르릉!

지상을 뚫고 거대한 태풍과 함께 게살라스라고 칭하는 거대한 새 한 마리가 나타났다.

목청이 어찌나 큰지 귀가 날아갈 것만 같았다.

둘은 귀를 후비적대며 내용물을 후 불었다.

이후 김민식이 물었다.

"어떡할래?"

"네가 해. 이상하게 새만 보면 오한이 들어놔서."

균열을 일으키는 독수리, 흐레스벨그의 외침이 요즘에도 꿈 속에서 계속 나타나고 있었다. 그래서인지 새만 보면 경기를 일으키게 됐다.

김민식이 피식 웃었다.

"그래, 너는 조금 쉬고 있어. 쉬면서 바둑 왜 졌는지 곰곰이 생각이나 해보든지."

"내가 이겼다고!"

"어련하겠냐."

스릉!

검을 뽑으며 김민식이 땅을 박찼다.

그 모습을 바라보며 오한성이 얇게 미소 지었다.

앞으로도 계속되기를.

이 행복, 이 나날이.

'행복하다.'

크게 대(大)자로 누웠다.

힘든 날도 있었지만 그 날들조차 내겐 행복이었으니.

그때, 쾅! 소리와 함께 바닥으로 추락한 김민식이 외쳤다.

"야! 좀 도와줘! 이놈 좀 장난 아니야!"

"바둑에서 이겼으니까 알아서 해!"

"이 치사한 자식!"

껄껄 크게 웃었다.

김민식이 욕과 함께 다시 바닥을 박차고 날아갔다.

엎치락뒤치락.

마치 인생을 보는 것만 같다.

눈을 감고, 가만히 생각했다.

……정말로 행복한 나날이라고.

The End